新潮文庫

# ぬばたま

あさのあつこ著

# ぬばたま

# 壱の壱

女たちの足首が白い。

緋色《ひいろ》の蹴出《けだ》しから覗《のぞ》いた素足が白い。薄闇《うすやみ》に鮮やかに浮かび出る。

十人、十五人……いや二十人はいるだろう。みな、同じ恰好《かっこう》をしている。

編笠《あみがさ》、白い浴衣《ゆかた》、紅襷《べにだすき》、そして緋色の蹴出し、そして小さな提灯《ちょうちん》。一人一人が左手に小さな、野球ボールほどの小さな提灯を提げていた。女たちが左手をひょいと上げるたびにゆらゆらと、横に動かすたびに斜めに下ろすたびにゆらゆらと、小さな提灯は揺れる。

女たちは踊っていた。

夏祭りの宵のように踊っていた。ただし囃子《はやし》は聞こえない。音頭《おんど》も掛け声もなかった。女たちは無言のまま、踊っている。耳に届くのは、葉擦《はず》れの音と時折交じってくる甲高い鳥の囀《さえず》りだけだ。

お世辞にも上手《うま》い踊りとは言えなかった。動きがてんでばらばらなのだ。左手をひょいと上げ、そのまま横に流し、斜めに下ろす。右手を翳《かざ》して、右足を軽く蹴り出す。一連の動きはそれだけで、単純過ぎるぐらいに単純なものだ。

なのに、合っていない。上げた左手の高さも横に流す仕草も下ろす位置もてんでばらばらだ。幼稚園児の遊戯でももう少し同調するだろうに、と思ってしまう。いや確かに、幼稚園児の遊戯の方がマシだ。ずっとマシだ。女たちは端《はな》から調子合わせの意思を捨てているのだろうか。てんでばらばら……それなのに、

右足を軽く蹴りだす。

一連の最後の動きだけはぴたりと重なるのだ。蹴出しと同じ緋色鼻緒の下駄《げた》を履いた女たちの足が一糸乱れず闇を蹴る。

足首が白い。

網膜に焼きつくように白い。異様なほどだ。異様で美しい。

藤崎琢磨《ふじさきたくま》は、おそらく山桜だろう樹《き》の幹に背中を押し付け、女たちの踊りを見ていた。

唖《あ》然《ぜん》としていた。

なんで、こんなところで踊っているんだ……。

一瞬、自分がどこにいるか混乱し、視線だけを巡らせてみる。背後には山桜の樹が、周りには芽吹きの始まった雑木が風に音をたてている。闇が刻々と深くなる。空は暗い青から濃い紫へと変わっていく。萌《も》えたとうとする木々や若草の匂《にお》いが仄《ほの》かにではあるが鼻《び》腔《こう》に触れた。

山が山に重なり、溶け合い、混じり合い、連なる場所にいる。人家の影もない。さっきまで人どころか、鳥以外の生き物、地を歩く生き物の気配すらなかったのだ。道は岨道《そばみち》。ほとんど獣道に近かった。一人で歩いていた。かれこれ五、六時間は歩いている。一度も休息をとっていない。しだいに歩幅が狭くなる。靴底に鉛でも入ったかと、ありえない疑問を抱くほど脚が重い。

十代の頃、中距離走で全国級の成績を誇っていた身体《からだ》は職場の机に張り付いていた年月の間に、見る影もなく衰え、老いていた。その現実を改めて突きつけられている。

衰え、老いている。

それでも歩き続ける。

脚は強張《こわば》り、息は弾み、汗はしとどに身体を濡《ぬ》らしていた。それでも歩き続けた。

奥へ、山の奥へ、一歩でも深く奥へ、思いは固く凝縮し、強張った脚を前に押し出す。膝《ひざ》がかくかくと音をたてるようだ。息が……苦しい。

あっ、

滑った。前にのめるのではなくしりもちをついていた。起き上がろうとしてまた滑り、したたかに樹の幹に頭を打ち付ける。

無様の極致だ。しゃがみこんだまま動けなかった。

無様の極致じゃないか。

うえっうえっと奇妙な声が聞こえる。

うえっうえっ　うえっうえっ

うえっうえっ　うえっうえっ

それが自分の泣き声だと気づくのに、しばらく時間がかかった。

泣いているのだ。涙が零《こぼ》れ、頬が濡れる。

うえっうえっ　うえっうえっ

うえっうえっ　うえっうえっ

憚《はばか》らねばならない人目は、ここには無い。どこにも無い。うえっうえっと泣けばいい。いや、どれほど人目があったとしても、声をあげて泣いていただろう。もう限界だった。一度しゃがみこんでしまえば、もう立ち上がれない。泣いてしまえば止めようがない。どうにもならなかった。

疲れ果てていた。歩き続けた肉体ではなく、肉体に宿った精神が疲労の限界を越えようとしていた。

ここまで歩いてきた。ここまで生きてきた。それで疲れ果て、しゃがみこみ、うえっうえっと泣いている。

うえっうえっ　うえっうえっ

うえっうえっ　うえっうえっ

鳥が飛び立った。見事なほどまっすぐに空へと向かっていく。飛び立った鳥のその飛び立ち方の見事さにつと目を奪われ、飛翔《ひしょう》の跡を追おうとしたけれど、涙にぼやけた視線では叶《かな》わぬことだった。ぼやけたままの視《め》を地に戻したとき、

女たちが現れた。

踊りながら唐突に現れた。

灌木《かんぼく》の茂みの向こうから、さっき琢磨が登ってきた道を辿《たど》ってきたとしか思えない現れ方だった。

編笠、白い浴衣、紅襷、そして緋色の蹴出し、そして小さな提灯。

左手がひょいと上がる。横、斜め。右手が翳され、右足が蹴り出される。

足首が白い。

白い足首が闇を掃《はら》っている。

反射的に立ち上がり、樹の幹に背中を押し付ける。その前を女たちが踊りながら通り過ぎる。琢磨に一瞥《いちべつ》もくれなかった。編笠に顔を隠し、一心に踊っている。

唖然とした。

唖然とした経験は、この数ヶ月幾度もある。両手の指では足らないほどだ。その放心と自失は間をおかず怒気に転じるのだけれど、怒気もまた長続きせずへなへなと意気地なく萎《な》えて、別の感情へと移ろっていった。移ろった先に何があるのか、諦念《ていねん》、自嘲《じちょう》、悲哀、無念と数え上げるのは容易だ。しかし、数え上げてみても意味はない。救いにも慰めにもならないだろう。

二十年以上、真面目《まじめ》に勤め上げた職場を放り出された中年男がいる。その事実だけが巌《いわお》のように重く存在するだけだ。

地方の国立大学を卒業してすぐ、その大学のある市の正規職員として採用されてから四半世紀が経《た》った。永劫《えいごう》のようにも束《つか》の間《ま》のようにも思えば思える時間なのだけれど、永劫にしてはあっけなく終わりを迎え、束の間にしては失うものが多すぎた。

市民課の管理する市民の個人情報の内、数万人分が流出し騒ぎになったのが丁度一年前、桜前線北上のニュースが列島のあちこちから寄せられ始めた時季だ。

花見どころではなかった。流出した情報は琢磨には想像もつかない経緯で業者の手に渡り、さらに闇から闇に転売され、決して小さくない波紋をあちこちに広げたのだ。多額の金が動いた形跡はあっても、その金が最終的にどこに流れ着いたのかはついに判明しないままだった。

四期十六年その座にいて、ワンマンを越えて裸の帝王とまで陰口を叩《たた》かれる独善的な市長と事なかれ主義が横行し刷新の気配すらない市政とに対する市民の不満は、意外なほどに根深く溜《た》まっていたらしく、この不祥事を機に一気に噴出することとなった。

徹底した責任追及をとの声があがり、損害賠償の訴訟が起こり、市長リコールの動きさえ真実味を帯びてきた頃、琢磨は上司に辞表を提出した。

本意ではない。当時の肩書きは、市民課の課長補佐だった。今回の責任を一身に負うにはあまりに微妙な立場だし、負う必要もないはずだ。事実、全《すべ》ては琢磨の与《あず》かり知らぬところで起こっていた。知らずに過ごしてきたことを罪と咎《とが》めるなら確かに罪《ざい》戻《れい》ではある。昨日と変わらぬ今日があり、今日と大差ない明日がある。そう信じきって怠惰ではないけれど慣れのままに携わってきた職務への態度もまた、咎かもしれない。弛緩《しかん》していた。

ああ、確かに罪だ。

罪を犯したなら罰を受けねばならない。

しかし、しかし……罰せられねばならない者は他にもいるだろう。琢磨よりさらに罪の深い者がいるのだ。市側は、市民課長補佐を処分したことで、難を逃れようと足《あ》掻《が》いていた。

なんとか、これで騒動を治めてくれ。

蜥蜴《とかげ》の尻尾《しっぽ》切り。

よく耳にする言葉ではあったけれど、自分が尻尾になるとは思いもしなかった。切り離され、それでもひくひくと動き、人の目を欺《あざむ》き、やがて動こうにも動けないまま捨てられ朽ちていく。

尻尾になるとは思いもしなかった。

唖然とする。

なんで、おれだけが……。なんで、おれだけなんだよ。

怒りは肺腑《はいふ》を抉《えぐ》るように湧《わ》いてはきた。湧いてきただけで言葉にも表情にもならず、揮発してしまう。それにも啞然とした。いつの間にか理不尽な仕打ちに怒り狂うことも、保身のために自分を贖罪《しょくざい》の山羊《やぎ》とした者の姑息《こそく》さに猛《たけ》ることも、できなくなっている。

ここまで飼い慣らされてしまったのか。

その思いは斬《き》り捨てられたという事実よりなお強い衝撃をもって、琢磨を打ちのめした。

ここまで飼い慣らされてしまったんだ、おれは。

打ちのめされ、萎えたまま職を辞した。事情聴取のため何度か警察に呼び出されはしたが、逮捕されるまでには至らなかった。幸運だったなと慰められれば、笑ってしまう。結局、この件で逮捕者は出なかったのだ。市長は残り半年足らずだった任期をまっとうし、多額の退職金と年金を手にした。

笑ってしまう。笑えばひよひよと胸の底で掠《かす》れた音がする。その音を聞きながらすごしていると一月で十年も老《ふ》けていくようだ。いつのまにか背中を丸める癖がつき、ため息の回数ばかりが増えていた。まだ養わねばならない家族がいる。萎えてばかりもいられないと頭では理解しているのに、心と身体は萎えたまま蘇《よみがえ》る兆《きざ》しもない。なんとか奮い立たせ、職探しを始めても、背中にべとりと引責辞職の札を貼《は》られた中年男を雇い入れる場所は、大都会が浮かれる景気回復などまるで無縁の地方都市のどこにも無かったのだ。琢磨自身、ずぬけた能力や技術を有しているわけではない。そこそこに優秀な成績に見合った大学を出て、生真面目な性格のままに、こつこつと働いてきただけだ。

こつこつと積み上げてきたものは、あっけなく崩落してしまった。それは職場だけに留《とど》まらず、崩れがさらに次の崩れを誘っていく。

「お父さんのせいよ」

娘の逸美《いつみ》に詰《なじ》られたのは桜も散り、初夏の薫風《くんぷう》が街を吹き通る季節だった。

「お父さんのせいで、あたし……」

本人は嫌がるけれど、父親から見れば愛嬌《あいきょう》あふれた垂れぎみの目に涙がもりあがる。

「賢介《けんすけ》くんと、何かあったのか」

問うてはみたが、返事を聞きたいとは思わなかった。容易に想像がつきもした。

「別れようって……言われた」

高校時代からつきあい、結婚の約束を交わしていた恋人から別れを切り出された。

それは、全てあなたのせいだと逸美は詰る。

「賢介、銀行の内定、確実だから。だから……お父さんの娘と結婚できないって……

しちゃあいけないって、両親に言われたって」

「親に言われたから、別れるわけか？」

非難したつもりはない。合点がいかなかっただけだ。高校生のときから何度も遊びに来ていた金井《かない》賢介という少年のいかにも少年っぽい無防備な笑顔を思い出す。

琢磨がとっくに失った若い笑顔だった。無防備で無邪気で屈託がなかった。あの若さは保身とは対極にあるもの、例えば一途《いちず》さ、例えば正義感、例えば自負心と密に結びつき、さらに若さを目映《まばゆ》くするものではなかったのか。

「しょうがないでしょ」

逸美の目尻《めじり》から涙が零れ落ちた。

「しょうがないでしょ。賢介の就職先、すごくお堅いとこなんだもの。あたしみたいな女と結婚なんて、できないわよ」

「おまえ……納得したのか」

「しょうがないでしょ」

しょうがないを連発する娘を座椅子《ざいす》に座ったまま見上げる。

就職のために、不祥事を起こした父親を持つ恋人を捨てる。蜥蜴の尻尾切りがここにもあった。あの無防備な笑顔の若者は、いつの間にここまで姑息な遊泳術を身につけたのだろう。娘はいつから、「しょうがない」という一言をいとも簡単に舌にのせ、諦《あきら》めることと馴《な》れ合うようになったのだろう。あたしみたいなと自分を卑下する術《すべ》を覚えてしまったのだろうか。

いつの間に、いつの間に……あぁ何も気がついていなかったな。

ため息が出る。

だけどな、賢介くん。きみが恋人を捨ててまで必死に守り通そうとしているものって案外、脆《もろ》いぞ。ガラガラと崩れるぞ。

教えてやりたい気がする。

「お父さんのせいだからね。あたし、お父さんのこと、一生、許さないから」

逸美が走り去る。

窓から差し込む陽光の中で埃《ほこり》が煌《きら》めく。夏に向かう光は埃さえも煌めかしてしまうものらしい。

目を細めていた。

妻の佳代子《かよこ》に離婚を申し出たのは夏の盛りが過ぎたころだ。署名、捺印《なついん》した離婚届を受け取り、一瞬だが佳代子は辞表を受け取った上司と同じ眼《め》つきをした。

安堵《あんど》……だろうか。

「おれといっしょにいると、逸美の結婚にも優哉《ゆうや》の進学にも影響するかもしれん。おまえの旧姓にしたほうがいいと思う」

「優哉ね……」

佳代子の指が離婚届の用紙を掴《つか》む。長男の優哉は来年、私立中学校の受験を控えていた。

「預金も生命保険の解約金も全部、おまえたちに渡す。この家を売った金も半分渡す。贅沢《ぜいたく》しなければ何とか暮らしていけるだけの額になると思う」

「贅沢？　贅沢なんかしたことなかったじゃない。今よりさらに質素に暮らさなきゃいけないいってことよ」

「ああ……」

「でも嬉《うれ》しい」

「え？」

「この街、出て行きたかったの」

佳代子が立ち上がる。

「どこに行っても、みんな変な目つきで見て……どこでもよ、スーパーだって小学校の保護者会だって面と向かってるときは笑っているくせに、陰に回ったらこっちをちらちら見てこそこそ内緒話なんかしちゃって、気に障《さわ》るったらありゃしない」

もともと神経質なたちの佳代子はここ数ヶ月、ほとんど家から出ていない。夏を越えたというのに、肌は病的に青白く、やはり急激に老けていた。

「出て行けるのは……嬉しいわ」

「ああ」

「だけどね、あなた」

佳代子に「あなた」と呼ばれるのは久しぶりだった。二十数年ぶりかもしれない。逸美が生まれてから「お父さん」と呼び掛けられ、琢磨の耳もその呼び方にすっかり馴染《なじ》んでいた。

「この街を出て行くために離婚するんじゃないわよ」

「あ……」

「子どものためだけでもないわ」

佳代子が大きく息を吸う。青いニットシャツの胸が膨らんだ。

「ため息ばかりついてるあなたが嫌でたまらなかったの。毎日、毎日、ため息ばかりついて爺臭《じじくさ》くなって……嫌でたまらなかった。あなたが離婚を言い出さなかったら、わたしから言ってたと思う。きっと、そうしたわ。もう、我慢の限界だったもの」

もう一度大きく息を吸い、佳代子は微笑《ほほえ》んだ。

離婚は成立した。

あっけないもんだ。

と、思う。しみじみと思う。あっけなく失う。ここでも崩落だ。二十年以上積み上げ、営んできた生活は砂上の楼閣に等しかった。琢磨の両親も琢磨が幼いころ離婚していた。だからと言うわけではないが、細心に丁重に家庭というものを築き上げようとした。築き上げていると信じていた。

だけれど、あっけない崩落……だ。

砂上の楼閣。

あぁ、気がついていなかったことがここにもあった。

「父さん」

家を出て行くとき優哉が呼んだ。呼んだ唇を噛《か》み締めて黙り込んだ息子の、問うような表情だけがいつまでも鮮やかだ。

父さん、いいのかよ？　ほんとうに、これでいいのかよ。

今でも鮮やかだ。

家を売却し約束どおり半額を佳代子の口座に振り込んだとき、山に登ろうと思った。

唐突に思ったにも拘《かかわ》らず、地方銀行の自動ドアを一歩出たときには確かな決意になっていた。

あの山の奥に分け入ってみよう。

小学校入学前の一年間、祖母のもと、山深い田舎で暮らした。母方の祖母だ。母とともに身を寄せていた。半年後、その母が消えた。

覚えている。

断片的にだけれど、覚えている。

空が紅《あか》かった。たぶん、夕焼けだ。

母と手を繋《つな》いでいた。母はその年代の女性にしては上背があり、まだ六歳の琢磨は顎《あご》を意識的に大きく持ち上げなければ母の顔を窺《うかが》えなかった。

大きな夏帽子をかぶっていた。麦藁《むぎわら》帽子だったと思う。広いつばが影を落とし、影は顔の大半を覆《おお》っていた。

母は日に焼けることをひどく厭《いと》うていたのだ。

「じゃあね、琢磨」

母の手がするりと離れた。背中が遠ざかる。腰のあたりを絞ったワンピースを着ていたけれど、何色だったか記憶にない。全てが紅かったのだ。母の後姿も周りの風景も地に伸びた影さえ紅かった気がする。

夕焼けの中、母は山へと消えていった。街に通じる道を下るのではなく山道を登っていった。日に二便とはいえ路線バスの走る県道ではなく、蛇行しながら灌木《かんぼく》に吸い込まれていく岨道《そばみち》を遠ざかっていった。一度も振り返らなかった。

立ち尽くし、立ち尽くし、紅が薄れ、いや濃くなったのだ。紅が濃くなり濃紺から黒紫に変わっていくまで、暮れてしまうまで立ち尽くし、見送っていた。

祖母は何も言わなかった。慌《あわ》てることも、嘆くこともしなかった。

「そうか、行ったか」

と一言、呟《つぶや》いただけだった。

思えば不思議だ。

母はどこに行ったのか。

祖母は何故《なぜ》、捜そうとしなかったのか。

あの岨道はどこに続いているのだろうか。

思えば思うほど不思議は深くなるだけだ。答えの糸口も摑めない不思議に疲れ、幼い琢磨は思うことを放棄した。そうしなければ眠れなかったのだ。

母は消えた。自分を捨てたのではなく、消えた。理由もからくりも分からないけれど、母に捨てられたのではない。それだけは事実だ。そこまで考え、とろとろと眠りにつく。そうやって一日が、一週間が、半年が過ぎていった。

間もなく、県庁所在地の街に住む父に引き取られることになった。祖母が持病を悪化させたのだ。父に引き取られ、典型的な中堅地方都市でずっと生きてきた。

祖母が亡《な》くなったと聞いたのは小学校二年生になったばかりの春だった。桜が爛漫《らんまん》の季節だった。

父もまた、春の盛りに逝《い》った。逸美が生まれる一週間前、犬を連れて散歩の途中に転倒し、頭部を強打した。搬送された病院のベッドの上で一度も意識を戻さぬまま不帰の人になった。

春の盛りだ。

散り始めた桜の花弁が風に運ばれ、棺《ひつぎ》のそこここにへばりつくような春の盛りだった。

今はまだ春は浅い。

銀行の自動ドアが開いたときそれでも風が甘く匂《にお》った。久しぶりに季節を感じた。その微《かす》かな匂いが促したのかもしれない。

あの山に分け入ってみよう。

母の消えた山はとてつもなく深く、分け入っても、分け入っても果てがなかった。

もしかしたら、ここで……。

思いが過《よ》ぎる。琢磨の心底から頭をもたげ、過ぎっていく。

もしかしたら、ここで死ぬつもりなのか、おれ……。

覚悟を定めた覚えはない。しかし、暮れていく岨道を息を弾ませ、へとへとになりながら歩いていると覚悟のうえの山入りではなかったのかと己《おのれ》の真意をまさぐってしまう。

全《すべ》て崩れた。今更、積み直す気力はない。たぶん運もないだろう。それなら、いっそ……あっ。

足が滑る。しりもちをつく。無様な自分に泣いていた。

うえっうえっ
うえっうえっ
女たちの足首が白い。

唖《あ》然《ぜん》としながら、白過ぎる足首を見つめている。諦《てい》念《ねん》や自嘲《じちょう》に転じる放心や自失ではない。ただただ、驚きのままに口を半ば開け、瞬《まばた》きも忘れて見入っている。

なんなんだ、なんで……こんなところで……踊っている……。

左手がひょい
横に流れて
斜めに下がる
右手を翳《かざ》して
右足を前に

提灯《ちょうちん》が揺れる。女たちが踊りながら琢磨の前を過ぎていく。人一人がやっと歩けるほどの道幅だ。樹《き》の幹に背中をおしつけていても、女たちの身体《からだ》は触れるほど間近になる。

誰一人として琢磨のことを気にしなかった。見ていないのか、見えていないのかまったく意に介さない。

女たちが過ぎていく。

一人、二人、三人、四人……

左手がひょい
横に流れて
斜めに下がる
右手を翳して

女の動きが止まった。最後尾にいた女の右足だけが蹴《け》り出されなかったのだ。

足を止め、女はゆっくりと顔を向ける。編笠《あみがさ》の陰から細い顎と薄い唇が覗《のぞ》いた。

顎が白い。唇が紅い。化粧ではない。女は化粧をしていなかった。肌も唇も女の生《き》の色だ。何故かわかる。この白、この紅、女が生まれながらに持っている沢色《たくしょく》だ。

風が吹く。頭上で木々の枝が鳴る。

「お助けくださいませ」

女の吐息が耳朶《じだ》に触れた。

「お助けくださいませ」

「え……」

編笠の下に暮れて行く眸《ひとみ》があった。暮れて行く空と同じ色の眸だ。どこまでも黒く、僅《わず》かの紫を含む。紅い唇から舌の先を覗かせ、女はまた息を吐き出した。
「あ、あの……」
女の左手が上がる。
ひょい
横に流れて
斜めに下がる
くらりと目眩《めまい》がした。よろめいた身体を後ろから抱きかかえられる。そんな感覚がした。目を開け、首を回し、背後を窺ったが誰もいない。山桜の樹が一本、真《ま》っ直《す》ぐに立っているだけだ。
風が吹く。枝が鳴く。睦言《むつごと》のように優しい音をたてる。音に誘われ見上げる。
花が咲いていた。
風に揺れる枝の先に山桜が花弁を開いている。あっ……、
白だ。
闇《やみ》を掃《はら》う白。女たちの足首の色だった。桜と同じ色をしている。それとも桜が女た

ちの足首の色をしているのだろうか。目に沁《し》みる。

視線を戻し、琢磨は息を呑《の》んだ。誰もいない。ついさっき、眼前を踊りすぎて行った女たちの一群は闇に融《と》けていた。

そんな、馬鹿《ばか》な。

目を閉じていたのはほんの数秒のはずだ。あの奇妙な動きを繰り返しながら、そんなに早く移動できるわけがない。

だとしたら、どこに行った？

目を凝らす。道は勾配《こうばい》をやや急にして続き、やがて雑木林と灌木と叢《くさむら》の織り成す闇に飲み込まれていた。

誰もいない。そんな、馬鹿な。

さっき見たものは、なんだ？　幻か？

疲れ果て、死を思い、幻を見たのか？

ちがう。

強くかぶりを振っていた。ちがう、あれが幻であるわけがない。生々しくこの目で見たのだ。

背負っていたリュックを揺すり上げ歩き出す。女たちを追おうとしているのか、追ってどうするのか……わからない。ただ、歩く。疲労も死ぬことも泣くことも遠のいていく。ともかく、歩くのだ。

道は闇に飲み込まれたのではなく、ほんとうにそこで途切れていた。行き止まりなのか。なんとかここまでやってきたけれど、力尽きましたと嘆くように山笹《やまざさ》の茂みに取って代わられている。その先は雑木が重なり合う斜面だった。行き止まりだ。

まさか、まさか、まさか、まさか……。

こんなこと、あるわけないと呟いた。声に出して呟いていた。

「こんなこと、あるわけないだろう」

濡《ぬ》れ衣《ぎぬ》同然の罪を引っ被《かぶ》らなければならなかった現実に直面したときも呟いた。

「こんなこと、あるわけがない」呟きながら、もう一人の自分の声を聞いていた。「これが現実さ」

しかし、今は、呟きは一つだけ、ぶれることはない。

「こんなこと、あるわけないだろう」

女たちはどこに行った。桜に目を奪われた束《つか》の間《ま》に、どこに消えた。胸の奥に鼓動が響く。興奮している。恐怖でも戸惑いでもなく、熱を帯びた興奮が身の内を突き上げてくる。

若かったころ、少年と呼ばれていたころ、この世は決して一律ではないと信じていた。明日を信じていた。今日にはなかった世界に出会える明日があると信じていた。見たこともない、触れたこともない、誰も、どんな偉い大人も説明のつかない世界がひょっこりと現れる。それが明日だと信じていた。信じていた。

いつまで信じていたのだろう。

明日が今日の地続きでしかないと、いつ悟ったのだろう。

明日を信じていたころ、明日を思うたびに覚えた興奮が琢磨の内部を巡っている。突き上げてくる。同時に女の声が、吐息の音が、耳朶に触れた生温かな息が、蘇《よみがえ》る。

お助けくださいませ。

蘇ったものが新たな興奮を生む。興奮が前に進めと命じる。自分自身の声に命じられたのは、何年……何十年ぶりだろうか。

山笹を押し分けて前に進む。

長細い楕円形《だえんけい》の葉が侵入者を威嚇《いかく》するように音をたて、尖《とが》った葉先が手の甲を襲う。地下茎が張り巡らされているのか地面が歪《いびつ》で何度もつんのめりそうになった。

構わず進む。理性が言う。

おいおい、何を血迷ってんだ。こんなところを浴衣《ゆかた》姿の女たちが通るわけないだろうが。

おい、聞いているのか。こんなところを……。

小賢《こざか》しい声など聞かない。情動に身を任せ進む。

前へ、前へ、前へ、前へ、ただ進む。脚が動いた。さっきまでのように、無理やり動かしているのではなく琢磨の意思に従順に添って、脚は軽やかに動いてくれる。

笹を分け、踏みしだき、進む。

前へ、前へ、前へ、前へ……。

「あっ」

光が揺れていた。眼下に幾つもの光が揺れている。山の頂付近に立っていた。たぶん、そうだと思う。笹藪《ささやぶ》の斜面が下へと向きを変えて続いている……たぶん、そうだ。すでに、日は完全に落ちて眼球が乾くほどに目を凝らしても視線は闇に吸い込まれていくだけだ。風が吹き上がってくるのはわかる。風に弄《なぶ》られ闇の中で笹が鳴くのも聞こえる。見えないだけだ。

漆黒の空間に光が揺れる。あの提灯の光だ。

左手がひょい

横に流れて
斜めに下がる
左手がひょい
横に流れて
斜めに下がる

左手が……

駆け出していた。夜の山をしかも道のない斜面を走ることがどのくらい危険なことか理解はしている。身体が止まらない。どうにも止まらない。枝が額を打つ。地表にむき出しになった根が脚を掬《すく》う。

しかし、止まらない。雑木の間を縫って走る。俊敏な夜行性の獣になったと感じる。自分を獣だと感じることの快感がうねって、うねって、うねる波となり、身体から零《こぼ》れだす。

叫んでいた。

「待ってくれ」

叫びながら走る。走りながら叫ぶ。声帯が震え、叫びが闇を震わせる。

獣だ。獣だ。おれは闇を走る獣になっているぞ。

ふっ。優哉の顔がおぼろに浮かんだ。

優哉、お父さんは獣になっているぞ。闇を走っているぞ。何かに掻《か》き立てられて走っているぞ。

息子の顔は明晰《めいせき》な像を結ばぬまま一瞬で消えた。かわって、白い顎《あご》と紅の唇が浮かび上がってきた。闇の中に艶《つや》やかに浮かびあがる。消えない。生々しいままだ。

お助けくださいませ。

声も吐息も生々しい。だから、走る。

登山靴が根に引っかかった。露出した根と地の間に先端がはまり込む。抜けない。

木根は意思あるものに似て琢磨の靴をくわえ込み、放さない。

光が遠ざかる。

くそっ。

靴を脱ぎ捨てる。リュックも放り捨てる。軽い。背に何も負っていないこの軽さは、どうだ。走る。走る。いつの間にか両足とも裸足《はだし》になっていた。裸足のまま走る。軽い。リュックを捨てた背が軽い。靴を捨てた脚が軽い。

後ろから引き止められた。

誰だ、おれを止めるのは。

心が猛《たけ》る。力ずくで止めようとする者がいるのなら、その喉笛《のどぶえ》に食らいつき地面に倒してやる。

アノラックのフードに枝が絡《から》まっていた。躊躇《ためら》いなく脱ぐ。汗みどろの身体に防寒着など不要だ。

さらに軽くなる。身体に力がこもる。走る。さらに、走る。琢磨は自分がうまく雑木の間を抜け、灌木《かんぼく》を跳び越えていると、気がついた。見える。うっすらとだが、木々の姿も灌木の形も眼《め》で捉《とら》えることができる。

見えるぞ！

叫んだつもりだったのに、ぐおっとくぐもった声が喉の奥から漏れただけだった。

なんだ？　なんで声が……。

言葉が出てこない。叫びさえも唸《うな》りになる。口を開けるたびに、歯がカチカチと音をたてる。二本足で立っているのが辛《つら》い。とても辛い。背骨が軋《きし》む。立っているのが辛い、苦しい。

二本足？　なぜ、二本足の必要がある？

そう考えて、寒気がした。

おれは何を考えてる？　いったい、どうしたんだ。いったい何を……。

夜風が頬を撫《な》でた。女の声を運んでくる。

お助けくださいませ。

闇の彼方《かなた》に光が揺れる。もう小さな点でしかない。急がなければ、見失えば二度と摑《つか》めない。

手をついていた。大地を蹴る。耳の横で風が鳴る。鋭くて高い。きりきりと絞られた弦から放たれる矢、その一端に矧《は》がれた羽が起こす音にそっくりだ。そうか、あれも矢羽の風音か。耳元を掠《かす》める凶暴な風だ。

矢？　なんで、おれは矢の音なんて知っているんだ？　耳元を矢が掠める？　なんのことだ？　おれは……。

頭の中がぼやけてくる。何もかも曖昧《あいまい》になり融けていくみたいだ。考えることができない。ぼやけた頭の中で、ただ一言だけが響いている。渦巻いている。

お助けくださいませ。

光を追わねばならない。だから、走る。

左手がひょい
横に流れて
斜めに下がる

あの揺らぐ光を追わねばならない。


「お父さん」

逸美と優哉が手を繋《つな》いで駆け寄ってくる。二人ともまだ幼い。

「大きな犬がいるよ」

幼い逸美が琢磨の腕を引っ張った。動物園の檻《おり》の中に薄汚れた獣が一頭、寝そべっていた。年老いているのだろう。毛に艶は無く、口の周りも白っぽく変色している。目を閉じて、檻の前を人間が通り過ぎてもまるで反応しない。

「犬じゃないよ」

琢磨は息子を抱上げ、娘の手を握った。逸美が父親を見上げる。眩《まぶ》しげに瞬《まばた》きをする。

「犬じゃないの？」

「ああ、犬じゃない。狼《おおかみ》だよ」

「オオカミ？」

「そう、狼って動物さ。昔は日本にもたくさんいたんだ。犬よりずっと怖いんだぞ」

「怖いの？」

「怖いさ。昔の人はみんな怖がっていた」

「だって、怖くないよ」

逸美が檻の中で寝そべる老いた動物を指差す。

「全然、怖くない。かわいそうなぐらい」

人間に憐《あわ》れまれる老いた狼。飼い慣らされてしまった憐れな生き物だ。だけど、本当はちがう。ちがうぞ。狼には牙《きば》がある。爪《つめ》がある。跳躍する脚がある。獲物の喉笛に食らいつく残忍さがある。生肉を引き裂く力がある。山を駆け、野を疾走する。氷原を馳《は》せ、月に吼《ほ》える。

狼はそんな生き物なんだ。

決して飼い慣らされてはならない。

「お父さん」

オトウサンとはなんだ？　おれはオトウサンなんかじゃない。おれは……、風の音がさらに高まる。鋭くなる。

「お父さん」

風をくぐって耳に届いてきた。

お父さん……ああ、そう呼ばれていたぞ。確かに、そう呼ばれていた。

立ち上がる。二本の脚で歩き出す。

女たちの群が見えた。輪になって踊っている。

左手がひょい
横に流れて
斜めに下がる
右手を翳《かざ》して

女たちの足首が白い。白い足首の動きがぴたりと合わさる。

かなりの広さの空地だった。山中にこんな空地があるなんて思いもしなかった。

左手がひょい
横に流れて
斜めに下がる

女たちに近づいていく。ゆっくりと近づいていく。女たちは踊り続けている。

左手がひょい
横に流れて
斜めに下がる

一人の女が足を蹴《け》りださなかった。動きを止め、輪から外れる。風が緋《ひ》の蹴出しを弄《なぶ》り、女の足首を露《あらわ》にする。提灯《ちょうちん》が音も無く地に落ちた。

琢磨は脚を引きずるように一歩ずつ歩く。あれほど軽かった身体《からだ》が耐え難いほど重い。あちこちに擦り傷ができているのか痛みが弾《はじ》ける。息が苦しい。汗が多量に噴き出していた。鼻血まで流れている。

女たちに……女に近づいていく。踊りの輪に背を向けて、佇《たたず》む女はあと数歩の距離だ。

「お助けくださいませ」

女の喉がひくりと動いた。紅《あか》い唇が蠢《うごめ》く。

女は編笠《あみがさ》を取った。長く黒い髪が背に滑り落ちる。闇《やみ》に繋がるかと見紛《みまが》うほどの黒髪だ。ただ一色《ひといろ》、黒い。

「わたしは……食われます」

女の身体が琢磨の胸の中に倒れこむ。

「わたしは、食われます」

柔らかな肉の感触が琢磨を包む。抱きかかえているのか。抱かれているのか、埋まっているのか覆《おお》っているのか判然としない。

女の髪が匂《にお》う。

目の前に漆黒が広がる。これは、闇なのか女の髪なのか、それも判然としない。

「わたしは食われとうないのです」

漆黒の底で女が囁《ささや》いた。

琢磨の意識はそこで途絶えた。

壱の弐

空を見上げる。

月はない。

夜の空に浮かぶ見えない月を人は何と呼んだだろう。

新月？

「今日は新月。朔《さく》の日だよ」

そう言ったのは……そう言ったのは……ばあちゃんだ。朔の日には供え物をしなければいけない。空に月が見えない夜こそ捧《ささ》げる物がいる。ばあちゃんはそうも言った。

捧げる物がいるのだと。

「何をお供えするの？」

おれは尋ねた。ばあちゃんは黙っていた。

「誰に捧げるの？」

供える。捧げる。どちらの言葉も意味を知らなかった。だけど、わかっていた。ばあちゃんは誰かに何かを差し出そうとしているのだ。

「なあ、ばあちゃん……」

ばあちゃんはまだ黙ったままだった。返事がないのが怖かった。自分の言葉が届いていないようで、言葉が言葉になっていないようで、とても怖かった。

「ばあちゃん」

怖くてばあちゃんの腰に縋《すが》りつく。

「どうしたね？」

ばあちゃん、おれの言うことが理解できるか。なあ、理解してくれるか。ちゃんと人の言葉になっているか。

泣きそうになる。泣きそうな自分が恥かしくて、わざと乱暴にばあちゃんの身体を揺さぶる。

「あっ」

ばあちゃんの手から薄青色の陶器が滑り落ちた。落ちて砕ける。

奇妙な形をした器だった。深皿に似ているのに左右に取手がある。その取手には小さな鋭い突起が幾つもついていた。注意して持たなければ、その突起に容赦なく傷付けられる。棘《とげ》を模したのだろうか。

奇妙で危険な器だ。

「壊れてしもうた」

ばあちゃんが慌《あわ》てて器の欠片《かけら》を拾う。突起が伸ばした指先に深く刺さり、血が滲《にじ》み出る。滴《したた》る。ばあちゃんの履いていた白い足袋《たび》の上に滴って染《し》み込んでいく。

なんて奇妙で危険な器だろうか。

「壊れてしもうたよ、琢磨。どうしようかねえ」

「ばあちゃん」

「なんね」

「誰に何をあげるの？」

ばあちゃんの首が緩やかに傾く。

ばあちゃん、どう答えようか考えているのか。それとも、おれの言う事が理解できないのか。おれの……。

「お母さんをあげたの？」

ばあちゃんの眼が瞬《またた》く。皺《しわ》に埋まった黒い小さな眼だ。ヒオウギの種色に似ている。

そっくりだ。

「お母さんを誰かにあげたの？」

母が山へと去っていった夕暮れ、それに続く夜、月は空にあっただろうか。あれは朔の日、陰暦一日のことではなかっただろうか。

ばあちゃんが手を振る。否《いな》む動作で横に振る。血の雫《しずく》が散って、おれの頬に当たった。

ばあちゃんの指先が血に染まっている。

紅くて、赤くて……でも白い。白い手が動き出す。

左手がひょい

横に流れて

斜めに下がる

右手を翳して

ああ、ちがう。白いのは女の足首だ。

天井が見える。黒く煤《すす》けた天井だ。太い梁《はり》がかかっている。梁の上で何かが動いている。気配だけがする。見えないけれど、確かだ。

何だろう？

「おや、気がつかれましたか」

朗らかな声がした。軽い足音もした。

「よう寝られたことで。もう、お昼を過ぎましたで。起きること、できますかいの」

「あ……ええ」

女が布団《ふとん》の傍らに膝《ひざ》を折る。瞬《まばた》きする間の躊躇《ためら》いもなく、琢磨の背に腕をのばした。琢磨を支え、起き上がらせる。

細面の痩《や》せた女だった。長い髪を一つに束ね、白いブラウスの上に薄茶色のカーデガンを羽織っている。長い丈のスカートに白いエプロンをつけていた。

決して醜くはないけれどとりたてて美しくもない。老いてはいないけれど若いわけでもない。平凡という形容が一番しっくりくるような平凡な顔立ちだった。見つめてみても何も語らない顔。都会の雑踏の中にいとも簡単に紛れてしまう、不特定多数の内に埋もれてしまう顔だ。

「ここは……」

「わたしの家です」

「あなたの……」

「覚えておいでではないですかの。あなた、道に迷うてしまわれたでしょ。山で道に迷われたでしょう」

「道に……」

迷ったわけではない。追いかけたのだ。何かを追いかけて、山を走っていたはずだ。

「迷われたのですよ。うちの村は山の一等奥にありますけえね。ときどき、里のお人が迷い込んでこられます」

女は素焼きの急須《きゅうす》から素焼きの湯飲みに茶をついだ。青臭い微香が漂う。

「覚えておいでではないですかの。昨夜、うちらが踊りの練習をしとるところに、ふらふらとおいでになっての。そのまま、気を失うてしまわれました」

踊り？　そうだ、踊りだ。おれは踊る女たちを追っていた。白い足首の女たちだ。

「たまに、同じようなお人がおられます。山で迷うて、この里まで辿《たど》りつくお人がたまにだけど、おられますんでの」

湯飲みが差し出された。

「これを？」

「へえ、薬草茶です。疲れによう効きます。身体が快復しますで。ちょっと苦いけど我慢して、飲み干してくださいね」

飲み干す。ひどく苦かった。思わず顔をゆがめる。女がけたけたと笑い声をあげた。

「苦かったですか」

「少し」

「まあまあ、ほんに子どものような顔をしなさってね。ほれ、お口直しに、これをあげましょう」

女の指がエプロンのポケットから飴《あめ》の包みをつまみあげる。

「これは、甘うございますよ」

飴が指ごと口の中に入ってくる。とっさに強く吸い込んでいた。女の指が飴を放した。口の端から飴玉が零《こぼ》れる。女の指だけを強く吸う。薬の苦味は失《う》せ、とろりと甘さが広がる。

甘い。この女はこんなにも甘美な指先をしているのか。いや指先だけではあるまい。その乳房も、その二の腕も、その腿《もも》の付け根も、その頸《くび》も、尻《しり》も、腹の中も、みんなとろりと甘いのではないのか。

女の唇が半開きになる。舌がのぞいた。自分もまたあなたをくわえ舐《な》めているのだと言うように、ちろちろと動く。

ぼとっ。

梁から真《ま》っ直《す》ぐに落ちてきた物があった。それを眼《め》で捉《とら》えて、声をあげていた。

「あっ」

甘美な指がするりと退いていく。

「蛇が……」

目に痛いほど鮮やかな朱色をした掛け布団の上で、蛇が鎌首を持ち上げる。体長一メートルほど……さして大きくはない。緑がかった体色の美しい蛇だった。女が呟《つぶや》く。

「サトメグリ」

「え？」

「サトメグリと呼んでおります」

「蛇を？」

「ええ」

佳代子が悲鳴をあげた。

新聞から顔をあげ、眼鏡をはずす。このごろ眼鏡無しでは新聞の文字が読み辛《づら》くなっていた。老眼にはまだまだ早いはずと頑《かたく》なに思い込んでいたのに、「ああ老眼ですね。眼鏡、作りますか」と眼鏡屋にこともなげに断定され、複雑な気持ちで購入した老眼鏡だ。

眼鏡をはずして、庭に視線を向ける。

硬直した妻の背中が見えた。佳代子は土いじりが好きで、しょっちゅう庭に出ては花の植え替えや土の手入れをしていた。おかげで、庭と呼ぶにはいささか憚《はばか》られる狭い空間には、季節ごとに数種類の花が咲き、実がなり、けっこう目を楽しませてくれる。

「どうした？」

佳代子の顔が半分だけ振り向き、肩が震えた。

「蛇が……」

「蛇？」

覗《のぞ》きこむと、花壇の仕切りに使っている赤褐色の煉瓦《れんが》の上で蛇がとぐろを巻いていた。佳代子からスコップを受け取り、軽く振る。蛇は思いのほか敏捷《びんしょう》に動き、すぐに薔薇《ばら》の茂みに隠れた。

「だいじょうぶだよ。もう、いなくなった」

「びっくりした……こんなところに蛇がいるなんて」

佳代子が目元を押える。

「おいおい泣くことはないだろう。たかが蛇ぐらいで」

「蛇だめなの。子どものとき、嚙《か》まれたこと、あって」

「へぇ。そんなこと知らなかったぞ」

「言ってなかったっけ？　小学生のとき蛇に嚙まれて、毒蛇じゃなかったのにショックで熱をだしちゃって。三日三晩、うなされたの。それ以来、蛇はだめ。ほんとうは鰻《うなぎ》もあんまり……」

「亭主の知らない過去の秘密ってわけだ」

「まあ、そういうことね」

琢磨の冗談に応《こた》えて、佳代子の口元が綻《ほころ》んだ。泣き笑いの表情になる。

「どうしたの？」

リビングで漫画を読んでいたはずの優哉が庭に出てくる。母親が涙ぐんでいるから心配したのだろう。名前のとおり優しい子なのだ。

「蛇がいたのよ。あーっ、怖かった」

「蛇が！　えっ、すごい」

まだ変声期のずっと手前の年頃だった。完全に子どもの領域にいる者の高く澄んだ声で優哉は母親に尋ねた。

「どこに？　ねえ、どこにいたの？」

「その煉瓦の上。もういないわよ。お父さんが追っ払ってくれたもの」

「いないの？　なんでぼくに見せてくれなかったの。お父さん、ぼく見たかったのに。蛇、見たかったのになあ」

優哉の本気で落胆した顔がおかしくて、佳代子と顔を見合わせて笑った。

あのころは、まだ笑っていた。作り笑いでも追従《ついしょう》笑いでもなく、自然に笑うことができた。

「もし」

女の手がふいに琢磨の指を摑《つか》んだ。冷たくも熱くもない。人の肌の熱を持つ手だった。

「何を考えておいでです」

「え？」

「誰のことを思うておられました」

「あ……それは……」

誰のことを思っていただろう。笑っていた。誰と笑っていた？　ああ、何故《なぜ》こんなにぼやけているのだろう。忘れてはいけない者を忘れてしまいそうだ。蛇が……、誰かが蛇を怖いと言った。誰かが蛇を見たいと言った。あれは……。

ぼく見たかったのに。蛇、見たかったのに。

美しい声だった。澄んで煌《きら》めく声だった。

オトウサン、ボクミタカッタノニ

「蛇が逃げます」

女が強く指を握り締めてくる。

「ほら、逃げてしまいます」

朱色の布団の上を蛇が這《は》う。人間がいることに僅《わず》かも頓着《とんちゃく》せず、布団から畳におり、四肢のない体をくねらせて部屋の隅へと向かう。

闇《やみ》が溜《た》まっていた。

昼過ぎだと女は言わなかったか？　なのに、闇が溜まっている。黒々とうずくまっている。その闇の中に蛇は滑り入ろうとしていた。闇の底には蛇の巣となる深い穴が穿《うが》たれているのだろうか。

痛っ。

女の爪《つめ》が食い込んでくる。手の甲の皮膚が裂ける。

「何をするんだ」

「捕まえてくだされ」

女が甲高く叫んだ。爪がさらに食い込む。皮膚を裂く。

「捕まえてくだされ、早う。逃がしてはなりませぬ」

早うっ。

女の声が裏返る。血が沸き立つ。とっさに身体《からだ》が動いていた。闇の溜まりに向かって跳ぶ。手を突っ込む。闇の底には穴はなく、畳の硬い手応《てごた》えがした。

「早う。早う。捕まえて」

闇雲に探った指先にぬるりとぬめるものが触れた。摑む。闇から手を抜くと、手首に蛇が巻きつき、威嚇《いかく》しているのか口を開き、二叉《ふたまた》になった舌を覗かせていた。必死に暴れ逃れようとする。

「逃がしてはなりませぬ」

裏返った声がまた叫ぶ。

そうだ、逃がしたりするものか。おれの獲物だ。逃がしはしない。

手首を回し蛇の頭を摑む。強く握りこむ。

骨の砕ける音がした。

手首を締め付けていた力が消えた。琢磨の手からだらりと垂れ下がった蛇は布団の上にいたときの何倍も長く見えた。

女の前に放り投げる。

女は俯《うつむ》き、頭の潰《つぶ》れた蛇を弄《いじ》り始めた。肩が震えている。うふっうふっと小刻みな声が聞こえ、それはすぐに哄笑《こうしょう》に変わった。震えは身体全部に広がり女は震えそのものとなって笑い続ける。ぐわりと口を開け、喉《のど》を反らし、笑い続ける。梁のある天井の高い部屋に女の笑声だけが響き、こだましていた。

「なにが……そんなに、おかしい」

舌が重い。口の中でうまく回らない。生唾《なまつば》だけが飲み込んでも、飲み込んでも湧《わ》いてくる。

「なにが……おかしい」

蛇を弄り女は笑う。

「笑う……な」

笑うな、おれを笑うな。おれを嗤《わら》うな。

嗤いながら上司である五十代の小男は言った。

「まっ、きみがいなくなっても、そう困らないってことだ。代わりは幾らでもいるし」

酒の席だった。琢磨を含めた退職者の送別会だったかもしれない。いや……そうではない。送別会などなかった。退職願を提出した三日後には机とロッカーを片付け人目を憚るように身を縮めて職場を去ったのだ。拍手も労《ねぎら》いの挨拶《あいさつ》も花束も別れの宴《うたげ》も一切、なかった。やりきれなくて、ふらりと暖簾《のれん》をくぐった居酒屋の片隅のテーブルで直属の上司と部下だった男たちが飲んでいたのだ。もうかなり酒の入っていた上司は心持ち眉《まゆ》を顰《しか》めた後、ふいに陽気な笑顔になり琢磨を手招きした。振られた手を拒む事もむろんできたのに、琢磨は易々と従ってしまう。イスに腰掛け、頭を下げて杯を受け取り、また頭を下げる。

「きみも運が悪かったなぁ」

「はぁ……」

「次の職場、まだ決まってないんだって」

「はぁ、まあ、これからです」

「そうか、大変だなあ」

「はぁ。あの引継ぎが……」

「なんだって？」

「急なことだったので、引継ぎが上手《うま》くできてなかったんじゃないかと思って……心配してます」

上司の右手がひらひらと左右に動いた。親指の先端に鬱血《うっけつ》の跡があった。どこかで挟んだのだろう。

「そんな心配せんでいいよ。後任の○○は優秀だ。全部、心得てるさ。全部な」

そこで上司は嗤ったのだ。酒臭い息を吐いて嗤った。

「まっ、きみがいなくなっても、そう困らないってことだ。代わりは幾らでもいるし」

頭を叩《たた》き割っていた。眼球を抉《えぐ》り出していた。喉に食らいつき、引きちぎっていた。上司の肉は硬く、吐き気がするほどに不味《まず》くはあったが、仄《ほの》かに酒の香りがした。

一瞬そんな幻覚に襲われた。

まだ半分ほど酒の残った杯を置いて、立ち上がる。黙って店を出た。「まったく陰気なやつだ。愛想も冗談一つも言えないなんてな。あんなだから……」

背後から上司の声が追いかけてくる。嗤笑《ししょう》がぶつかってくる。しかし、黙って店を出た。

おれを嗤うな。

女は笑い続ける。頭の潰れた蛇を弄りいつまでも笑っている。

「やめろ」

耳を塞《ふさ》いでも、必死に塞いでも鼓膜に突き刺さってくる声だ。鼓膜だけじゃない、脳髄の奥深くまで針の先端となって刺さってくる。

頭が痛い。

怒りが燃え立つ。

血流の勢いが増す。

嗤うな。もう、嗤うな。おれを嗤うな。

女に飛び掛っていた。女を女の笑い声ともども押し倒す。一つに束ねた髪が解けた。長く黒い髪が女の顔を覆《おお》う。

口の中で舌が痙攣《けいれん》した。口の端から涎《よだれ》が滴《したた》る。女の喉に落ちて濡《ぬ》らす。濡れた喉がひくりと動いた。

「お助けくださいませ」

女の声も濡れている。濡れて絡《から》みつく。

「お助けくださいませ」

「助け……る？」

髪の間から眼《め》と唇が見えた。漆黒の眸《ひとみ》と紅の唇。平凡な女の顔から浮き出してくる。

「わたしは食われます」

「食われる……誰に？」

「緋神《ひがみ》さまに。緋祭りの夜に食われます」

「ヒガミさま？」

「よう、ご存知でございましょう」

知らない。初めて聞いた。

「食われるのでございます」

女の腕が背中に回る。琢磨の身体に絡みつく。

「わたしは食われるのでございます」

「あぁ……」

蛇を弄った指が琢磨の身体を弄る。いつの間にか女も琢磨も裸になっていた。身に何もつけていない。

女が呻《うめ》いた。琢磨も呻いていた。女の乳房を摑み口にくわえる。甘い。やはり、この女の肉は甘いのだ。

ボトッ。

蛇が落ちてきた。さっきのものより、一回り小さい。蛇は女の胸の上に落ち、女の腹を這い、琢磨と女の陰毛の絡まりあった中に潜りこんでいった。

女が長い息を吐き出した。

オトウサン、ボクミタカッタノニ

「ぼく見たかったのになあ」

夕食の席でも優哉は口を尖《とが》らせていた。

「やだなあ。蛇だって。優はなんでそんなもの見たいの」

逸美が顔を顰《しか》める。十歳違いの弟を逸美はとても可愛《かわい》がっていた。

「だって足がないんだよ。足がないのに前に進めるんだよ」

「あ……まぁそりゃあそうだけどさ」

「それに、泳げるしな」

琢磨の言葉に娘と息子の視線が同時に動いた。コンタクトの入った逸美の眼が瞬《またた》く。

「蛇って泳ぐの？」

「泳ぐさ」

「足がないのに？」

「泳ぐっていうか、水面を滑るみたいにして進んでるの見たことあるぞ。父さんの田舎じゃ、珍しい風景じゃなかったけどな」

「ちょっと、みんな、蛇の話題で盛り上がらないでよ。ほんとに嫌なんだから」

佳代子が苦笑している。

「すごい」

母親の苦笑いを無視して、優哉が感嘆の声をあげた。

「蛇って、すごい。泳げるんだ」

「その泳いでいる蛇を魚が食うんだ」

「え？」

「水の底にいる大きな魚がぱくっと」

「食べちゃうの？」

「食っちまうんだ」

嘘《うそ》でも創《つく》り話でもなかった。見た記憶がある。祖母のもとで暮らしていたときだ。だから、今は廃村となって住む人の絶えてしまった山里での風景だ。

淵《ふち》があった。山の麓《ふもと》だった。水は深く、翠《みどり》と藍《あい》の混ざり合った色をしていた。光を弾《はじ》く水面に周りの木々がくっきりと映っていた。鶯《うぐいす》の鳴き声が響いていた。

ぽしゃりと音がした。その方向に眼を向けたとき、一匹の蛇が水面を滑っていた。

うん、あれは泳いでるんじゃなくて、滑っていたな。水面を滑る……確かにおもしろい生き物だ。

黒っぽい小さな蛇がきらめく淵を滑っていく。

珍しくはないけれど不思議にも感じられて見入っていた。

黒い影が水底から浮かんできたと思った瞬間、水しぶきがあがり蛇は姿を消していた。水面に波紋が広がっている他は何の変化もない。静かで穏やかで美しい風景のままだ。

青葉に彩《いろど》られた山々と翠藍《すいらん》の淵、そこで、
蛇は食われた。

「食われとうないのです」

女が身をよじる。両手で顔を覆い、すすり泣く。乳房の間に汗が細かな粒となって滲《にじ》み出ていた。

「どうか、わたしをお助けくださいませ」

「おれが……助ける？」

「はい。どうか助けると」

「助けると？」

「お誓いください」

「助ける……だけど、おれは……」

電話の音がした。

女の身体《からだ》がするりと琢磨の下から這《は》い出る。手早く身支度をし、髪を束ねる。電話は鳴り続けていた。

身支度をして、髪を束ねると女は少しも目立たない凡庸な顔になった。化粧気のない貧相な顔立ちだ。

「また少し、眠られるとよろしいで。それとも先にお粥《かゆ》でも持ってきましょうか」

「いや……」

「腹はお空《す》きじゃないです？」

「ええ、あまり……」

「では、夕食までお休みくださいな」

女が笑う。凡庸な目立たない貧相な笑みだ。障子が閉まり、足音が遠ざかる。

琢磨はのろのろと脱ぎ散らした衣服に手を伸ばした。薄緑の縞《しま》のついたパジャマだ。古い物らしく色が褪《あ》せている。男物だ。この家には女の他に男がいるのだろうか。あるいは、いたのだろうか。

蛇は？

ふいに思い出した。女の腹を這って陰毛に消えた蛇はどこにいったのだろう。女の股間《こかん》に纏《まと》いついたままなのだろうか。まさかそんなことは……どこかに、どこに逃げたのか。

何気なく部屋の隅に目をやる。闇溜《やみだ》まりはなかった。燦々《さんさん》とまではいかないが、明るい昼下がりの陽光が障子を通して差し込んでいた。障子を通す分、白く淡い。部屋は隈《くま》なく明瞭《めいりょう》で古びた畳の縁取りの、褪せた色まで見届けられる。闇などどこにも溜まっていない。視線を巡らし、息をついてみる。身体の中に酸素を取り込みたかった。

あ？

壁に何か傷痕《きずあと》がある。かなり上の方だ。琢磨が手を伸ばしてやっと指先が届くあたりに引っかいたような跡があった。

爪跡《つめあと》？

鋭く大きな爪で抉ったような跡だ。

なんだこれは？　猫？　いや、そんな小さな物じゃない。だとしたら、熊《くま》？　熊の爪跡なのか？

頭が重い。鈍い痛みがぶり返してくる。考えることができない。何も考えるなと痛みが囁《ささや》いている。

もういい。何も考えるな。

朱色の布団《ふとん》にくるまり、目を閉じる。

左手がひょい
横に流れて
斜めに下がる
右手を翳《かざ》して

女の足首が白い。

## 壱の参

女はかいがいしく、ほとんど献身的に琢磨の世話をやいてくれた。

食事のしたくはもちろんのこと、汗をかけばその汗が流れ落ちない間に拭《ぬぐ》い取り、喉《のど》が渇けば喉が渇いたと訴える前に水を差し出した。

「なぜ、ここまで……」

食事の膳《ぜん》を運んできた女に尋ねる。

なぜ、ここまで尽くしてくれるのです。

「わたしの役目だからですけぇ」

短い答えが返ってきた。

「役目？」

「おまえさまのお身体がもとに戻るまでお世話をする。それが、わたしの役目ですけぇの」

「役目というのは、しかし……」

山で迷った。山に分け入り、山で迷い、山を彷徨《さまよ》い、この里にたどり着いた。

うちらが踊りの練習をしとるところに、ふらふらとおいでになっての。そのまま、気を失うてしまわれました。

女はそう言った。だとしたら、おれは危うく遭難するところだったのだ。山は怖い。山は人を食らう。

一度、見たことがある。

食らわれた者の末路をこの目で見たことがある。

一度だけ……。

山麓《さんろく》の村で祖母と暮していたころだ。すでに、母はいなかった。

「これを持て」

祖母に朱塗りの椀《わん》を渡された。底に米が、幼い児《こ》の手で二掴《つか》み分ほど入っている。

「持ってついてこい」

祖母は普段からぶっきらぼうな物言いをする者ではあったけれど、その日はさらに声は低くとげとげしささえ感じられた。

ばあちゃんは、何を怒っているのだろう。朱塗りの椀を持ち、祖母の後ろから歩きながら、琢磨は考えていた。

　何を怒っているのだろう。

　理不尽な、というか、出処《でどころ》の理解できない他人の感情にはいつも怯《おび》えてしまう。ほんの少しだが萎縮《いしゅく》する。後ろからついていくことはできても、感情を発する者に面と向かい合うことができない。おどおどと目を伏せてしまう。中距離の走者としてトラックを走っていたところは、それでも顔を上げることができた。相手の目を見つめることができた。萎縮や怯えを制御することができた。

　いつの間にか、できなくなっていた。いつの間にか習癖として、身にしみついていた。いつの間にか「臆病《おくびょう》な犬みたいな眼《め》つき、してるぞ」と上司から再三、からかわれるようになっていた。

　臆病な犬、臆病な犬、臆病な犬。牙《きば》も爪もあるくせに、おどおどと目を伏せる哀れな生き物。

「ここだ」

　祖母の足が止まる。

　村の外れ、家屋が途切れ、道は岨道《そばみち》となるあたり、夕焼けの中、母が消えていったあたりだった。そこに祖母と並んで立つ。村人たちも集まっていた。道に沿うように一列に並んでいる。それぞれが、一つずつ椀をもっていた。朱塗り、黒塗り、金物、瀬戸物……椀はそれぞれであったけれど、中身はどれも米だった。

道端や畦道《あぜみち》に彼岸花が群れ咲いていた。季節は秋の初め。彼岸の近い昼下がりではなかっただろうか。

鉦《かね》が鳴った。

祖母よりもさらに歳《とし》を経ている老女が二人、一人は列の先頭に一人は末尾に立っていて、鉦を鳴らしていた。

鈍く金色に光る鉦は、小皿を逆さに伏せたような形をしていた。

先頭の老女が鉦を叩《たた》く。

チーン。

その音が消えぬ間に、末尾の老女が鉦を叩く。

チーン。

チーン、チーン、チーン、チーン

音は重なり、反復し、響き、絡《から》まりあい、彼岸花を揺らす風に融《と》けていく。

チーン、チーン、チーン

山から人の一団が降りてきた。成人の男が五、六人ばかり、みんな黒い消防団の法《はっ》被《ぴ》を着て、やはり黒い地下足袋を履いている。

担架を運んでいた。薄茶色の布に包まれた盛り上がりが見える。

チーン、チーン、チーン、チーン
鉦の音が一際《ひときわ》、高く響いた。

居並ぶ人たちは椀の中の米を掴み、担架に向かって投げかける。投げかけると同時に叫ぶ。

「お戻りなさいませ」

米が撒《ま》かれ、やや低く声を絞り出す。

「お清めなさいませ」

白い米粒が薄茶色の布や道の上に散らばっていく。どこからか、すすり泣きが聞こえてきた。

お戻りなさいませ。お清めなさいませ。緩やかな旋律となって言葉が場を包む。鉦の甲高い音が、旋律の緩やかさに切れ目を入れる。呪文《じゅもん》なのか、言祝《ことほ》ぎなのか、弔いなのか、輪廻《りんね》の願いなのか、耳にしているうちに身体《からだ》が浮遊する錯覚に、琢磨は襲われた。慌《あわ》てて、祖母の腕を掴む。

ばあちゃん、おれ、ちょっとだけ怖い。

チーン、チーン、チーン、お戻りなさいませ。チーン、チーン、お清めなさいませ。

チーン、チーン、お戻り……。

目の前を担架が過ぎていく。

指が見えた。手首から先が布からはみ出ている。だらりと垂れている。泥と乾いて変色した血に汚れていた。指先の爪は剝《は》がれ、骨が覗《のぞ》いている。米と同じ白だ。中指の付け根あたりに、小さなコガネムシが止まっていた。ひくりとも動かない。やや緑を帯びた黒の上翅《じょうし》が初秋の光に煌《きら》めき、死者のための精巧な装飾品のようだった。

「ばあちゃん……」

ほら見て、コガネムシがいるよ。

そう続けようとした琢磨の言葉の先を、祖母は違《たが》えて受け取ったのか、

「山に食われてしもうたのよ」

ぽつりと呟《つぶや》いた。

「食われた？」

「そうよ。食われた。哀れなことだ。それでも、人の里に帰ってこられただけでも幸せよな。ほれ、清めろ。清めてやれや」

魂を鎮《しず》めるために米を撒けと、祖母は命じた。

米の雨が担架に降り注ぐ。雀《すずめ》が木々の枝で喧《かまびす》しく鳴き交わす。豪胆なのか傍若無人なのか、よほど餓《う》えていたのか、担架に舞い降りて米をついばむものまでいた。

薄茶色の布。

汚れた手。

微動だにしなかった甲虫《こうちゅう》の翅《はね》。

空に散った無数の米粒たち。

鉦の音。

雀の声。

お戻りなさいませ。お清めなさいませ。

山に食われ、息絶えた者の姿をただ一度、あのときに見た。

もし、この女に救われなければ、おれもああなっていたのか。

耳の奥に重なり合った鉦の音がよみがえってくる。

「助けてもらったのに何もお礼ができなくて」

「は？　お礼とは？」

膳の上には唯《ただ》一つ土《ど》鍋《なべ》がのっていた。その蓋《ふた》を摑もうとした女の動きが止まる。

「お礼とは、なんのことでしょうの」

「それは……わたしは道に迷って危うく死にかけた。そこをあなたが助けてくれたのでしょう。命の恩人というわけで」

女が激しくかぶりを振った。

「そうではありませぬの」

「けど」

「わたしは役目を果たしているだけのこと。さっきも、そう申し上げましたにの」

「役目って……わたしの世話をしてくれることが何で役目になるんです。あなたは親切でわたしのことを」

女はさらに激しく頭を動かした。狂った機械仕掛けの人形みたいだ。あまりに激しく振るものだから、首から千切れてしまいそうに思えた。左右に振られる顔の中で、女の眸《ひとみ》が青みを帯びて光り始める。髪が解け、ばさりと音をたてて広がる。

黒より他のどんな色も含まぬような、この世のありとあらゆる色彩に染まっているような髪だ。

黒く、黒く、黒く、果てなく黒い。

黒い髪の間から、青白い眸がのぞく。唇が焔《ほのお》のように紅《あか》い。

漆黒の闇、中天の月、紅蓮《ぐれん》の炎。

髪を解くと、女の様相は一変した。さほど醜くもなく美しくもない女が、印象の希薄な凡庸な顔立ちの女が、雑踏に苦もなく紛れ、決して目立つ事のない女が、変わる。

息が詰まるほどの黒、射抜くような青、燃えたぎる紅、身の内から立ち上る色に染め上げられて、女は異形《いぎょう》の者に変わる。

「主《ぬし》さま」

女がすりよってくる。微《かす》かな体臭がした。とろりと甘い。花の香りではなく、まして化粧の匂《にお》いではなく……ではなく……ではなく、これは腐臭だろうか。腐りかけた果実のように甘い。纏《まと》いつき、絡みつくほどに甘い。

「主さま、お助けくださいませ」

女がかぶさってくる。髪が琢磨の顔までも覆《おお》う。甘い匂いが強くなる。

「わたしをお助けくださいませ」

女が喘《あえ》ぎ、琢磨の身体をまさぐる。

女が、女が、女が、女が……視界は女に塗りこめられ、女の匂いしか嗅《か》げず、女の喘ぎしか聞こえない。

下腹部が熱くなる。熱は螺旋《らせん》に身体を登り、身体を巡る。血が沸騰《ふっとう》する。脳が融けていく。
溶解していく感覚。
女と交わると、必ず、自分自身が融けていく。融けることなどありえないのだが、女と交わった場所が発熱し、その熱に琢磨は融けていく。それほどに熱い。炙《あぶ》られる。
琢磨に跨《また》がり、女が仰《の》け反る。己の乳房に己の爪をたて喘ぐ。喉《のど》が露《あらわ》になり、乳房がたわむ。
ああ、融けていく。脳が、身体が、おれ自身が融けていく。
足首が浮かぶ。白い足首、続いて、緋色《ひいろ》の蹴出《けだ》し。
左手がひょい
横に流れて
斜めに下がる
右手を翳《かざ》して
提灯《ちょうちん》が揺れた。
女たちが踊る。囃子《はやし》も音頭もない。

左手がひょい
横に流れて
斜めに

あれは何だ？　どこで見た？　おれは、あれをどこで……あれを山の中で見た。山に分け入って、さらに分け入って、重なり合った山をどこまでも歩いていたときだ。山？　何で、山にいたのだろう？　何のために、歩いていた？　一人で、一人で歩いていた？

融けていく。何もかもがぼやけていく。どろどろと崩れていく。

お父さん。

誰かにそう呼ばれていたことはなかったか？　オトウサン……どういう意味だったろう。オトウサン……名前？　いや、違う。おれの名前は……おれの名前は……。

目を閉じる。心の内を掻《か》いてみる。しかし、眼裏《まなうら》に浮かぶのは女たちの白い足首だけだ。踊る姿だけだ。

左手がひょい
横に流れて
斜めに下がる
右手を翳して

女が喉を震わせて身体を強張《こわば》らせた。それから、ゆっくりと弛緩《しかん》していく。甘い匂いが一際《ひときわ》濃くなった。汗で身体がぬめる。女の身体からもしとどに汗が滴《したた》っていた。濡《ぬ》れた肌を合わせれば、合わせた肌は粘膜となりさらにぬめぬめと濡れてくるようだ。

「ああ……」

女が深く息を吐き出す。それは、細い嗚咽《おえつ》となる。女は吐息のような声で泣いているのだ。

「どうした？」

ひゅーひゅーと女が泣く。

「何故《なぜ》、泣く？」

「食われるからでございます」

「食われる？」

「今宵は緋祭りの夜。わたしが食われる夜になります」

女の言葉が理解できない。

「わたしは、緋神さまへの供物《くもつ》となります。緋神さまに食われるのです。ああ……お助けください。わたしは、食われとうはありません」

女は泣く。さめざめと泣く。障子から差し込む光に女の髪は赤茶けて見えた。艶《つや》のない乾いた髪だ。肌も乾いている。さっきまで、あれほど濡れていたはずなのに、光をあびている障子紙よりもさらに乾いているようだ。

頭が重かった。身体も重い。指の先まで重い。

「主さま、お食事はどうされます？　お食べに」

女の声が遠ざかる。

夢を見た。

水底にいる夢だ。ゆらゆらと全《すべ》てが揺らめいている。

オトウサーン

揺らめきながら誰かが手を振っている。

オトウサーン、コッチニオイデヨ

ユウヤ？　あれはユウヤか？

オトウサーン、ホラコッチ、コッチ

あれは……イツミそしてカヨコが……揺れている。

目が覚める。

部屋はすでに薄暗かった。

ユウヤ、イツミ、カヨコ。

そっと呟いてみる。どういう意味だろう。頭が痛い。

考えようとすると頭が鈍く痛んだ。ずぉん、ずぉんと痛みが寄せてくる。

喉が渇いた。水が飲みたい。腹が減った。何か食いたい。

ボトッ。

朱色の布団《ふとん》の上に蛇が落ちてくる。

サトメグリだ。この家には、蛇が何百匹と棲《す》んでいるらしい。時折、落ちてくる。大きいものも、小さいものも落ちてくる。今、落ちてきたものは、大きいほうだ。大きい、長い、美味《うま》そうだ。

ああ、美味そうだ。

頭の中で水が跳ねた。翠藍《すいらん》の水が跳ね、蛇は消えた。食われたのだ。蛇は淵《ふち》に潜む魚に食われた。

ああ、美味そうだ。

生唾《なまつば》がわく。粘着性のどろりとした涎《よだれ》が、口の端から零《こぼ》れた。零れた涎がまだ床に落ちきらないうちに、蛇を摑《つか》んでいた。

頭部を嚙《か》み砕く。口の中で骨の砕ける音がする。舌の先に蛇が絡《から》まる。それをさらに嚙み砕く。

美味い。とても美味い。しかし、足らない。こんなものでは、僅《わず》かな腹の足しにもならない。

ふっと、匂いを嗅いだ。

鼻腔《びこう》を滑り、そのまま胃の腑《ふ》まで届くようないい匂いだ。甘くはないぞ。花の香りではないぞ。女の体臭のようで、しかし、違う。腐りかけの果実とは違うぞ。これは……。涎を止めることができない。粘着性の唾液《だえき》が次から次へと糸を引く。止めようがない。

腹が減っている。胃が焼け付くように減っている。食いたいと焼かれるように望んでしまう。

部屋の隅に土鍋がおいてあった。女が運んできたものだ。とても大きい。鍋というより半円形の箱だ。こんなに大きなものを女は一人で運んできたのか。気がつかなかった。まるで気がつかなかった。ああ、それにしてもいい匂いだ。

粥《かゆ》でも持ってきましょうか。

女はそんなことを言わなかったか？　幻聴だっただろうか。夢と現《うつつ》の境がはっきりとしないのだ。幻聴でなければ、中身は粥か？　粥とは、こんなにも芳《かぐわ》しい匂いがするものだったのか？

鍋の蓋に手をかける。力を入れすぎたのか、罅《ひび》でも入っていたのか、蓋は指の下で二つに割れた。

おうっ。

声をあげていた。歓声のつもりだったけれど、くぐもった唸《うな》り声しか出なかった。

唾液の中で舌がぬめぬめと蠢《うごめ》く。

鍋を摑む。

ごろり。

牛の首が転がった。子牛らしい。焦茶《こげちゃ》の毛に覆われた頭頂部に、まだ角《つの》はなく、いかにも柔らかそうだ。

子牛の首だ。

付け根から切り落とされた子牛の首だ。

なんと美味そうな……食ってもいいのか。これを食っても……唾を飲み込む。垂れ流していた唾液をゆっくりと嚥下《えんか》してみる。喉の筋肉が動いた。

腹が減っている。だから食いたい。しかし、いいのか。これを食ってしまえば、食ってしまえば……どうなるというのだ。

もう一度、唾液が迫《せ》りあがってきた。嚥下する力をせせら笑うように、唐突に激しく迫りあがってきた。

おれは、食いたいのだ。

牛の頭にかぶりつく。皮を食い破り、肉を引きちぎる。上手《うま》くいかない。思いの外、硬いではないか。血は固まり、肉は硬い。蛇のように易々《やすやす》と砕けてくれない。裂けてくれない。僅かの生肉と皮しか口にできない。

くそっ。何故《なぜ》だ。何故こんなに弱い。肉を裂く牙《きば》を爪《つめ》をおれは何故、もっていないのだ。

授けてくれ。

おれに、牙を爪を授けてくれ。肉を引きちぎる力を、骨を砕く力を与えてくれ。でないと、おれは弱いまま死なねばならない。

まっ、きみがいなくなっても、そう困らないってことだ。代わりは幾らでもいるし。ため息ばかりついてるあなたが嫌でたまらなかったの。

誰が言った。誰が嗤《わら》った。

食い千切ってやる。

身体《からだ》の内で音がした。地滑りに似た音だ。四方にこだまし、空気を震わせる。同時に、脳髄に突き刺さるような痛みがきた。痛みの衝撃にのたうつ。畳の上を転がる。

痛い痛い痛い痛い痛い痛い痛い、苦しい。

痛い痛い痛い痛い痛い痛い痛い痛い、苦しい。

しかし、力が満ちてくる。身体の隅々まで、痛みではなく力が巡ってくる。その力が苦痛を凌駕《りょうが》していく。

ごろり。牛の首。まだ乳を吸っていただろう子牛の首がごろりと……食らいつく。今度は、深く牙が通った。さっきとは比べようもない鋭い牙が口の中にある。強い爪が指の先にある。肉を食らうことができる。ぎりぎりと噛み締め、顎《あご》を引く。たっぷりと肉のついた皮が口からぶら下がる。

がつがつと食らう。

ああ美味い。ああ美味い。

食らえば、食らうほど、自分が餓《う》えていたのだと思いしる。こんなにまで、餓えていたのかと驚く。

ずっと餓えていたのだ。ずっと食いたかったのだ。こうやって、己の牙で肉を食い千切ることを、がしがしと食らうことを、砕いた骨を飲み下すことを、ずっと望んでいたのだ。

ああ、美味い……しかし、足らない。こんなものじゃ、足らない。まだ、まだ食える。

物足らなさが募ってくる。食らえば、食らうほど、募ってくる。食らえば、食らうほど、欠乏していく。

もっと食いたい。できれば、もっと新鮮なものを。血が凝固し、肉が硬直したものでなく、別のものを食いたい。例えば血の滴る温かな肉、例えばまだ鼓動を刻んでいる心臓、例えば痙攣《けいれん》する喉笛《のどぶえ》。

下腹部が熱くなる。

女が欲しい。

女はどこにいった。

仰《の》け反った喉は、紅潮した乳房は、丸みを帯びた腹は、白く発光していた太腿《ふともも》は、どこにいった。

部屋を出る。

長い廊下が続いていた。歩く度にぎしぎしと軋《きし》む。誰の気配も絶えている。匂《にお》いもせず、音もない。

女はどこにいった。

女を呼ぼうとして、名前を知らないと気がついた。女の名前を知らない。自分の名前を思い出せない。

名前?

名前とはなんだ？

どうでもいい。どのようにでも呼べばいい。そんなものは、まるで必要ないのだ。

女はどこにいった。

ぎしぎしと廊下を歩く。日が暮れようとしていた。空は藍《あい》から黒紫に変わり始め、地には闇《やみ》が這《は》う。地にあるもの全てが闇に沈み込む刻《とき》がくる。間もなくだ。

女はどこにもいない。

どこにいった？

こんなに餓えているのに、こんなに捜しているのに、こんなに求めているのに、女はどこにいったのだ？

廊下のはずれは玄関になっていた。板ガラスをはめた引き戸がついている。湿った風の臭《にお》いがした。黴《かび》の臭いがした。

紅《あか》い蛇が一匹、三和土《たたき》の上でじっとしている。

蛇？　ちがう、ちがうぞ。蛇の匂いはしない。女の、女の匂いがする。蛇ではない。紅い襷《たすき》だ。

地面に鼻をつけ、女の匂いを嗅《か》ぐ。

主《ぬし》さま

微《かす》かに声がした。遠くだ。どこか遠くで女が呼んでいる。

主さま、お助けを
戸がかたかたと音をたてる。風が吹いている。風が女の声を運んでくる。

わたしは食われます。主さま、わたしは食われとうないのです。

血が滾《たぎ》る。

誰が女を食らうのだ。あの女の乳房を、腹を、太腿を食らうのだ。渡すものか。誰にも渡すものか。

戸にぶつかる。ガラスが砕け散り、枠がへし折れた。駆け出す。生い茂った木々が、行く手を阻《はば》む。木々の間で蔦《つた》が絡まりあったまま枯れている。道はどこにもなかった。女の家は山の斜面にはめ込まれるように建っていたのだ。鬱蒼《うっそう》とした木々に囲まれ、闇に閉ざされ、山にへばりついている。

どこにも道はない。

戸惑いはしなかった。怯《おび》えることも驚愕《きょうがく》することもなかった。そんな感情は僅《わず》かも湧《わ》いてこない。

目を見開き、耳をそばだて、鼻をうごめかす。斜面を風がのぼってきた。吹き上げてきた。

匂いがする。

風が女の匂いを連れてくる。

声が聞こえる。

主さま、お助けを、主さま。

風が女の声を運んでくる。

風上へ、風が吹いてきた方向へと走る。斜面を転がるように駆け下りる。いや転がりはしない。足はしっかりと地面を噛み、体は安定を保つ。闇も斜面も生い茂る木々も恐れるに値しない。全《すべ》て、突っ切っていける。手をつく。手は足となり、さらに強く地を噛み、体を支える。

ハァ、ハァ、ハァ
それにしても熱い。焼けるようだ。じりじりと目には映らない炎に焼かれているようだ。

ハァ、ハァ、ハァ
身体が熱い。息を吸い込めば肺が、吐けば口中が、含めば舌が、爛《ただ》れるように熱い。

何も身につけていなかった。身体が火照《ほて》り、下着一枚纏《まと》うことさえ苦しい。熱い息を吐く。

ハァ、ハァ、ハァ

涎が滴《したた》る。

日は完全に暮れた。もうどこにも光はない。地には光はない。空には星が瞬《また》いていた。星だけだ。月はない。

月はない。

空に在りながら、目に捉《とら》えられない月を人は何と呼んだのだろう、見えない月を……何と……。

「今日は新月、朔《さく》の日だよ」

そんな言葉を聞いたことがあるぞ。

空に月の見えない夜こそ捧《ささ》げ物がいる。

そうも聞いたぞ。誰から聞いたのか……わからない。

ハァ、ハァ、ハァ

熱い。

斜面を駆け下りた。風を手繰るように前に進む。四本の足で前に進んでいく。闇がしだいに重くなる。闇にも重さがあるのだ。濃くなり、深くなり、重なり合い、真の黒に近づくにつれ重くなり、粘度を増し、闇に潜む物を包み隠してくれる。

闇には重さがある。長い間、忘れていた。ちゃんと知っていたはずなのに、忘れ去っていた。

思い出したぞ。鮮やかに思い出したぞ。闇の重さも、身の潜め方も、風に匂いを嗅ぐことも、餓えていたことも、ずっとずっと餓え続けていたことも……忘却していたことごとくを、一切を、おれは呼び覚ましたぞ。

女の匂いが強くなる。明かりが見えた。揺らめく炎の明かりが闇を侵している。叫びたい。喉が張り裂けるほど叫びたい。熱と歓喜が綯《な》い交ぜとなり揺さぶる。抑制が利《き》かなかった。月の見えない空を仰ぎ、声をあげる。吼《ほ》える。四方の木々から鳥たちが飛び立った。怯え、混乱し、月の見えない空へ逃げようとしている。

歓喜が、熱が、揺さぶる。

炎が一際《ひときわ》、大きく揺らめいた。炎もまた、怯え逃げようとしているようだ。愉快だ。愉快でたまらない。身を炙《あぶ》る熱も、身を絞る歓喜も、満ちてくる力も、ざわめき怯える諸々《もろもろ》も愉快でたまらない。

この喜悦、この快感。

オトウサン、オトウサン、オトウサン……。

なんだそれは？　おまえは誰だ？　おれを留めようとしているのか？

食い殺すぞ。

誰にも、何にも、留めることはできない。沸き立つ喜悦が快感が溢《あふ》れて、濁流となり、留めようとする物すべてを押し流すのだ。

鳥たちが飛び去る。あるいは戻ってくる。風は凪《な》ぎ、闇はさらに重く粘りつく。

女たちが踊っていた。

編笠《あみがさ》、白い浴衣《ゆかた》、紅襷《べにだすき》、そして緋色《ひいろ》の蹴出《けだ》し、そして小さな提灯《ちょうちん》。

囃子《はやし》も音頭《おんど》もない。無言のまま、女たちは踊っている。

左手がひょい
横に流れて
斜めに下がる
右手を翳《かざ》して

女たちの足首が一斉に蹴りだされる。その動きだけがぴたりと一致する。女たちは踊っていた。そこは、雑木を切り倒して造った空地だった。切り倒された木々の切り株が白く闇に浮いている。おんなたちの足首と同じだ。

女たちは踊っていた。輪になって踊っている。輪の真ん中に、白い祭壇が設《しつら》えてあった。光沢のある石を重ね合わせた祭壇の両脇に篝火《かがりび》が焚《た》かれ、女たちの姿を照らし出している。

女たちは踊っていた。

左手がひょい
横に流れて
斜めに下がる
右手を翳して

女たちの影も踊っている。炎の揺れに合わせ、歪《ゆが》んだまま女たちの影もまた、手をあげ、足を蹴りだしている。

もう少し、前に進む。足音はたてない。腐葉が積もった土は音を吸い込んでしまう。

ぐおっ。

声が漏れた。

祭壇の上に、奇妙な器が置かれている。器と呼ぶには大き過ぎるか？　では、棺《ひつぎ》か？　奇妙な形をした棺。いや、しかし、あれは器ではなかったか？

薄青色の陶器。

深皿に似ているのに左右に取手がある。取手には小さな鋭い突起が幾つも幾つもついているのだ。

危険で奇妙な器。

砕け散った。薄青色の破片が散らばり、その上に血が滴った。

あの器と同じだ。供物《くもつ》を載せる器。しかし、大きい。まるで棺だ。いや、棺なのだ。あれは、女のための棺だ。

女は棺の底に横たわっていた。

髪を解き、裸のまま、乳房も、腹も、太腿も、陰毛も晒《さら》して横たわっている。眠っているのか、死んでいるのか、息をしているようにも見え、血の気を完全に失っているようにも見えた。

女は食われるために、奉ぜられている。

女たちが踊り続けている。繰り返し、繰り返し、同じ仕草を繰り返し、無言のまま踊り続けている。

左手がひょい
横に流れて
斜めに下がる
右手を翳して

そうか、全《すべ》てわかったぞ。あれは、おれを誘っていたのだ。おれのために女たちは踊り、祭壇を設え、供物を捧げた。

月の見えない夜に……。おれのための祭りなのだ。だから、おれが食らうのだ。


咆哮《ほうこう》がとどろく。山が揺れ、闇《やみ》がうねった。鳥たちは静かだ。一羽として飛び立とうとしない。羽音も鳴き声も聞こえない。

咆哮だけがとどろく。

女たちの輪が崩れた。ぱらぱらと逃げ去って行く。一人が転び、もう一人が転んだ女の身体《からだ》に躓《つまず》き、さらに転がる。編笠を脱ぎ捨て、半幅帯を乱して、女たちが転び、駆け、散り散りになる。

ハァ、ハァ、ハァ

ハァ、ハァ、ハァ
身体が熱い。熱い身体が快感だ。

おれが食らうのだ。

祭壇に近づいていく。棺に近づいていく。女に近づいていく。

奇妙な形の薄青色の棺。

空に月は見えず、闇だけがある。

ああ、腹が空《す》いた。こんなにも餓《う》えている。ひりつくように餓えている。ずっとずっと餓えていた。

食いたかった。

女は目を閉じ、僅《わず》かも動かない。炎がちらちらと揺れ、女の顔の上で影がちらちらと揺れる。

涎《よだれ》が滴り、女の乳首に落ちた。

食いたかった。

ふいに、女の瞼《まぶた》が開いた。眸《ひとみ》が覗《のぞ》く。唇が動く。

美しい女だ。このうえなく美しい。食われるために生まれてきたのかと問いたいほどに、美しい。

お助けくださいませ。

主さま、お助けくださいませ。

無理だ。無理だ。無理だ。おれは食いたいのだ。ずっと餓えていた。自分が餓えていたことさえ気がつかぬほど、長い間、餓えていたのだ。

喉《のど》にむさぼりつく。牙《きば》をたてる。血と肉の味が広がり、瞬く間にしみわたる。

そうだ。これが血の味だ。これが肉の感触だ。

女は声をあげなかった。喉を食い千切られ、声もたてられなかったのだろうか。大きく目を見開いたまま、女は食われている。女を食っている。女の肉は柔らかく、血は甘かった。引き裂けば僅かな弾力があり、心地よく温かい。

美味《うま》い。ああ美味い。

おれは女を食らっている。

大喚声があがった。悲鳴のようにも、歓喜の声にも聞こえた。女たちが走り寄ってくる。手に椀《わん》をもっていた。

朱塗り、黒塗り、金物、瀬戸物……。

鉦《かね》の音がした。

チーン

チーン

チーン、チーン、チーン、チーン

「お戻りなさいませ」

「お清めなさいませ」

チーン、チーン、チーン、チーン

女たちが一斉に投げつけてくる。

米だ。白い米の粒があちらから、こちらから、降り注いできた。

「お戻りなさいませ」

「お清めなさいませ」

チーン、チーン、チーン、チーン

女たちは高く米を放る。月の見えない空に向かい投げあげる。炎に照らされ、米は一瞬、紅蓮《ぐれん》の色に染まった。そして、落ちていく。祭壇の上に、棺の中に、血溜《だ》まりに、露《あらわ》になった胸骨に、落ちて、あるものは跳ね、あるものは血に沈み、あるものは女にはりついていく。

どすっ。胸に衝撃がきた。

え？

どすっ。また一つ、新たな衝撃。続いてまた一つ。耳元で風音がした。矢羽の音だ。鋭く尖《とが》った鏃《やじり》が空気を切り裂いていく。

なんだ？

胸に矢が刺さっていた。一本、二本……。

なんだ？　これは、なんなのだ？

女たちは片肌を脱ぎ、それぞれに矢を番《つが》えていた。足元に、空になった椀が転がっている。

チーン、チーン、チーン、チーン
鉦がこだまする。矢が放たれた。

なんなのだっ。

吼えようとして開けた口に矢が飛び込んできた。ズウッ。自分の肉体に矢の突き刺さる音を生まれて初めて聞いた。

背中にも、額にも、肩にも、腹にも、突き刺さってくる。ズウッ、ズウッと音を立てる。

痺《しび》れる。力が抜けていく。闇が重すぎて動けなくなる。

これは……なんなのだ。

身体がくずおれる。白い祭壇から転がり落ちる。

どよめきがおこる。今度は、間違いなく歓声だ。女たちが狂喜している。走り寄ってくる足音が聞こえた。鉦の音も聞こえた。地面に倒れているからだろうか、歓声も足音も鉦の音も地の底で渦巻いているように聞こえた。

チーン、チーン、チーン、チーン
お戻りなさいませ。

お清めなさいませ。

緋神《ひがみ》さまの祭りじゃ。おお、祭りじゃ。一年に一度の、十年に一度の、百年に一度の、千年に一度の祭りじゃ。

祭りじゃ。

チーン、チーン、チーン、チーン
身体が持ち上げられる。白い石でできた祭壇に載せられる。あの奇妙な棺はもうどこにもなかった。

女が一人進み出る。手に、斧《おの》を握っていた。編笠をとる。長い髪がはらりと肩に落ちた。漆黒の髪だ。唇は炎のように紅《あか》い。女は、ただ一言、呟《つぶや》いた。

「主さま」

ああ、そうか、そうなのか。
やっと悟った。そうなのか。
供物となるのは、おれ自身だったのか。
そうなのか、そうなのか。そうだったのか。
斧の刃が煌《きら》めいた。三日月のようだ。鈍く中天に光る月のようだ。
「主さま」
煌めく刃が、喉《のど》にくいこんでくる。
そうか、そうだったのか。
首が転がった。
女たちが踊り始める。輪になり、踊り始める。囃子も音頭もない。

左手がひょい
横に流れて
斜めに下がる
右手を翳して

空に月は見えない。山は黒く、黒く、塗りこめられたまま聳《そび》えている。山自身が闇を吐き、闇を紡《つむ》ぎだしているかのようだ。

遠く、梟《ふくろう》が鳴いている。

## 弐の壱

電話が鳴った。

リッリー、リッリーと、秋、叢《くさむら》から聞こえる虫の声に模した呼び出し音だ。コードレスの華奢《きゃしゃ》な電話機によく似合っている。

成美《なるみ》は開けたばかりの洗濯機の蓋《ふた》を閉め、小さく舌打ちした。

「井伏《いぶせ》さんかしら。やだなぁ」

呟《つぶや》く。知らぬ間に、独り言を呟く癖が身についてしまった。侘《わび》しいようでもあるし、みっともなくもあると、以前は呟くたびに慌《あわ》てて口を押さえたりもしていたのだが、このごろは慣れきってしまったらしく、あら、わたし、また独り言をしゃべっていたのねと他人事《ひとごと》のように感じてしまう。

いつもではない。夫の修介《しゅうすけ》も娘の楓《かえで》も、成美の独り言癖に気がついていないはずだ。もっとも、都心の職場へ片道二時間近くをかけて通勤する修介とは、朝と夜、ほんの短い時間、顔を合わせるだけだ。妻がどんな癖を身につけようと気づく余裕はないだろう。

今春、小学校に入学したばかりの楓は、母親の成美から見ても内気な、順応力に欠ける子だった。何でもないことに赤面し、黙りこくってしまう。それはたぶん母親から譲り受けてしまった性質《たち》で、誰よりよくそのことを分かっているから、名前を呼ばれても、話しかけられても蚊の鳴くような声でしか返事ができない娘を歯がゆく思うより、哀れだと感じてしまう。それでも、楓なりに「小学校」という新しい環境に慣れるために精一杯頑張っている最中で、母親はもとより周りのささいな変化を察知する余裕など、父親以上にないはずだ。

電話は鳴り続けている。

虫の音に模してはいるけれど、しょせん機械音に過ぎず、叢で鳴き交わす虫々のさやかな声とはまるで異質だ。聞いていると、苛立《いらだ》ってくる。この執拗《しつよう》さは、井伏伸世《のぶよ》に違いない。

「いやだなぁ」

また、呟いていた。

井伏伸世は楓のクラスの保護者会で知り合った。成美より四つ年上で、派手な顔立ちの美人だった。陽気で気さくな性質に惹《ひ》かれ、二度ほどいっしょに食事をしたことがある。すぐに嫌になった。

伸世は饒舌《じょうぜつ》で話し好きではあったけれど、そういう者が得てしてそうであるように他人の話に耳を傾けることが、ほとんどなかったのだ。成美が何か言おうとすると、

「ああ、そうなの。ところで、わたしのね……」

と遮《さえぎ》り、また延々と「わたし」の話が続く。うんざりだった。うんざりして、食事やお茶の誘いをやんわりと断るようにしてほっとしたのも束《つか》の間《ま》、伸世から電話がかかるようになった。頻繁というほどの回数ではないが、一度かかれば一時間近く束縛される。途中で受話器を置けばすむことなのだが、成美にはそれができない。伸世の娘、晴香《はるか》は母親似の闊達《かったつ》な少女で、入学後一週間もしないうちに、クラスの中心になりつつあった。伸世に下手に逆らい、機嫌を損なえば、それでなくとも集団から浮きがちな楓をさらに追い詰めることになるかもしれない。

母親としての計算が働き、伸世を拒めず、結局、成美自身には何の関係も興味もない長広舌を耐えながら聞くことになる。成美にできる対抗手段は、なんとか誤魔化し

て携帯電話の番号を教えないことと、仲世の際限ないおしゃべり――一度も会ったことのない仲世の夫、井伏氏の趣味とか、晴香の利発さについてのエピソードとか、仲世の愛用している化粧品についてのあれこれとか――が一秒でも早く終わるように祈りながら、それほど熱心でもなく、かといって露骨に無関心をさらけ出すこともせず、ほどほどの短い受け答えを時折、返すことぐらいだ。

あぁ、そうなの。へぇ。いや、知らなかったわ。え？　そうね、井伏さんの言うとおりだと思うけど。うん、うん……。

うんざりだ。

仲世本人よりも、うんざりしながら仲世に付き合っている自分自身の弱さにうんざりしてしまう。

電話は鳴り止《や》まない。ため息をつく。意を決してリビングの窓際《まどぎわ》に青磁の花瓶といっしょにおいてある電話機を摑《つか》む。その前に、壁に掛かった時計で時刻を確認する。修介が接待用のゴルフコンペで六位になった、その賞品だ。

「接待だからな。優勝するのはご法度《はっと》だし、かといって、そこそこの成績でないと相手に失礼だし、調整が難しいんだ」

愚痴とも軽口ともとれる語調で修介は言った。この人もやっぱり、何とかバランスをとりながら生きているんだなとふっと感じた。

銀縁の丸い時計に目をやる。

十時を五分ほど過ぎていた。今日は午後から雨になる予報だ。できれば、早めに洗濯物を干してしまいたい。

井伏さん、早めに切り上げてくれますように。

ため息をついて、鳴り続ける電話と向かい合う。

あれ？

送信者の電話番号が表示されている。今、画面に並んだ数字に覚えがなかった。いや、市外局番は知っている。生まれ故郷の地域のそれだ。

十五歳、中学卒業まで住んでいた山間《やまあい》の小さな町の局番。その町にはもう肉親は誰もいない。父も母も他界した。十二も歳《とし》の離れた兄は妻の母国であるオセアニアの国に住み、年に一度、クリスマスカードを送ってくるだけだ。肉親はいない。知人も友人もいない。電話をかけてくるような相手は一人もいない、はずだ。

誰だろう。

あの町から誰が、わたしに電話を……。

ふと、響きを聞いた。素朴な打楽器のような、単調で単調だからこそ響く音を聞いた。もう久しく耳にしていない。とっくに忘れ去ったと思っていた。

忘れ去ったはずの音が鮮やかに蘇《よみがえ》り、響く。

竹の音だ。竹林の中でしかきくことのできない響きだ。しかも、風のある日に。風が吹き、竹がしなる。しなった竹はさらに風に弄《なぶ》られてぶつかり合う。まるで、一本、一本が闘いの意思を持っているかのようにぶつかり合う。そして鳴くのだ。

カツーン、カツーン、カツーン

けれど、その音には闘いの猛々《たけだけ》しさも激しさもなくて、ただ淋《さび》しいほどに澄んでいて、野辺送りの歌のようで……。

風の日に、竹林の中で佇《たたず》んだことがありますか。頭上に響くあの音を聞いたことがありますか。竹が鳴くことを知っていましたか。

息を吐く。指先が僅《わず》かだけれど震えた。

「もしもし、上原《うえはら》でございます」

「……成美」

少年の声が聞こえた。華奢な電話機を握り締めていた。

「成美、おれじゃけど……」

「晶《あきら》……くん」

むこ。

「うん」

目眩《めまい》がした。視界が暗くなる。そのまま、ずるずると腰を落とし、床にしゃがみこむ。

「晶くん……電話、してきたんといね……」

「うん。ごめんな」

「ええよ。ええよ。けど……」

「成美」

少年の声が低くなる。泣いているのだろうか。この微《かす》かなかすれた音は風だろうか、すすり泣きだろうか。

遠く、竹の音がする。遠くで竹が鳴いている。

「成美、おれ……まだ、ここにおるで」

生まれ故郷の訛《なまり》で少年が囁《ささや》く。まだ、充分に大人になりきれていない声だ。子どもの柔らかさを脱ぎ捨てて、男の野太さをそろりそろりと備えようとしていた声音だ。大人になる中途のまま留《とど》まり、子どもに返ることも大人になりきることもできなかった少年のものだった。

晶くん、まだ十二歳のまんまなんじゃね。

「晶くん」

「成美、来て……くれるか」

約束じゃあけえね。約束したけんね。

迎えに行くからと、この少年に誓ったのだ。


わたしは、晶くんが好きでした。ずっと好きでした。いつぐらいから？　と尋ねられると困るけれど、ずっと前、小学校に入る前から好きだったと思います。

だから、ずっとずっと、もう何年間も晶くんに恋をしているのです。告白？　ありません。告白したことは一度も、ないのです。

自分でも臆病《おくびょう》だと思います。臆病で、弱虫です。でも、どんなに自分を責めても、嘲《あざけ》っても、勇気は一滴も出てきません。湧《わ》いてきません。わたしはそういう人間なんです。

勇気を出して告白して、拒まれたらどうしたらいいのでしょうか。

振られたっていいじゃない。うじうじ悩んでいるより、ずっといいよ。

そんなふうに考えることができないんです。どうしても。考えれば考えるほど、怖くなって、泣きそうになって、本当にがたがたと身体《からだ》が震えたりもするのです。

失うことが怖かった。拒まれることに耐えられなかった。だから、黙って見ていました。晶くんを見つめていました。わたしには、見つめるより他にできることは何一つ、なかったのです。

教室でノートに文字を書く晶くん。

運動場でサッカーボールを蹴《け》る晶くん。

廊下掃除をしている晶くん。

ふざけて先生に怒られている晶くん。

ケンカをして、鼻血を出している晶くん。

本を読んでいる晶くん。

笑っている晶くん。

泣きそうになっている晶くん。

遠くを見ている晶くん。

ずっと見つめていました。だから、わたしは誰よりも晶くんのことを知っていました。見つめていると、案外たくさんのあれこれを知ることができるものなのですね。

晶くんが、美沙《みさ》ちゃんを好きなことも知っていました。玉城《たまき》美沙ちゃん。色白のふっくらとした顔立ちの女の子でした。どこか、日本人形を髣髴《ほうふつ》とさせる色の白さです。

そういえば、幼稚園のときから日本舞踊を習っていると聞いたことがあります。愛らしい少女でした。晶くんが、心を惹かれるのも分かるなと思いました。むろん、悲しかったです。晶くんがちらりちらりと美沙ちゃんの横顔を見やり、そっとため息をついたり、頬を赤らめたりしている。そんな姿を見るのは辛《つら》いです。だからといって、美沙ちゃんのことが憎かったり、嫉妬《しっと》を覚えたりはしませんでした。不思議なほどです。美沙ちゃんみたいになりたいなとは、思いましたけれど。

わたしは、本気で晶くんが好きでした。

好きという気持ちでわたしの心は満たされていて、いっぱいいっぱいで、嫉妬とか羨望《せんぼう》とか憎しみとか他の感情の入り込む隙間《すきま》がほとんどなかったのかもしれません。あのときはまるで思い至らなかったけれど、今は、わかるような気がします。

思い返してみても、あんなに真剣に、あんなに一途《いちず》に恋をしたことはなかった……しみじみ考えてしまいます。わたしはまだ少女で、初潮さえ経験しない前から、晶くんに恋をしていました。胸に秘めたままだけど、いや、胸に秘めたままだからこそ褪《あ》せることも、薄《わら》れることもない恋をわたしは確かに抱えていたのです。

少女の恋を嗤っ《わら》てはなりません。嗤える大人などどこにもいないのです。幼くても、未熟でも、恋は恋。大人の恋に劣るものではないはずです。

少女には少女にしかできない恋があるのです。晶くんに真剣に恋をして、わたしは知りました。そう、少女にしかできない恋があるのです。

今、わたしは大人です。そろそろ中年と呼ばれる歳《とし》でしょうか。娘を産んで、母親にもなりました。娘の楓が、あの日のわたしのように一途な恋をしたのなら、わたしは決して、決して嗤ったりはしないでしょう。的確な忠告も、受け止める言葉もかけられないかもしれないけれど、嗤うことだけはしません。軽んじることも侮《あなど》ることもしません。それだけは確かです。

わたしは、少女の時、本気の恋をしましたから。

わたしたちの町は小さな、小さな田舎町です。過疎《かそ》、高齢、少子化、時代の恩恵は一番遅れてぼそぼそとやってくるだけなのに、負の波はどこより早く押し寄せる、そんな町です。

子どもの数も年々減り続け、わたしが六年生になった春には、小学校は各学年全《すべ》て一クラスとなってしまいました。わたしたち六年生が一番児童数の多い学年だったのですが、それでも二十人足らずでした。わたしたちが卒業して二年後に、隣接する学区の小学校と統合され、廃校になってしまいました。

校庭にね、それはそれは見事な桜の大樹があったのですよ。樹齢百年とも百五十年とも伝えられていました。ソメイヨシノではなかったようです。ソメイヨシノよりも一回り小さな、薄いピンクの花を咲かせていました。ソメイヨシノが散り終わった頃、満開になるのです。花も美しかったけれど、ごつごつした幹や太い枝は、子どもたちのかっこうの遊び場ともなりました。入学したばかりの一年生は、上級生に連れられてこの樹に登るのが恒例となっていました。木登りのやり方を習うのです。夏近くになって害虫駆除の薬剤が散布される前に、ちびっこたちは桜の大樹に登れるようになっていました。

晶くんは誰よりも木登りが上手で、誰よりも木登りを教えることが上手でした。小さい子が好きな優しい性質でもあったのです。

お兄ちゃん、お兄ちゃんって慕われていましたね。上手《うま》く登れなくて拗《す》ねた子も、擦り傷をつくって泣いていた子も、晶くんが傍《そば》にいくとご機嫌が直るのです。ほんとに、笑ってしまうほどケロリと拗ねることも泣くことも忘れてしまって、お兄ちゃん、お兄ちゃんと慕うのです。

晶くんは、だれからも好かれていました。晶くんに恋をしていた少女は、きっとわたしだけではなかったはずです。

晶くんは、だれからも好かれていました。愛されていました。あの山もまた晶くんを愛していたのでしょう。愛していたのです。

だから、晶くんを……。

竹の音を思い出します。

カツーン、カツーンと虚空《こくう》に響く音です。

あの山の麓《ふもと》には竹林が広がっていました。真冬でも、緑は褪せることなく、雪でも降れば雪の白と対をなしてさらに緑は鮮やかに目に映ったりしたのです。

深い山でした。分け入れば分け入るほど深く、地の果てまで続いているのではないかと分け入った者を怖《お》じさせるに十分な深い山でした。昔、狼《おおかみ》がいて人の姿に変化《へんげ》したとも、道に迷った旅人が迷い彷徨《ほうこう》するうちに狼に変わってしまったとも、さまざまな言い伝えが残っていました。

近所に目の不自由なおばあさんがいました。わたしが小学生のときでさえ百歳に近いと聞いていましたから、もうご存命ではないでしょう。そのおばあさんが、希代の語《かた》り部《べ》で、昔話などを語ってくれたのです。月に一度、第三土曜日の夜、公民館に集まっておばあさんの話を聞きました。自由参加だったし、山間の町とはいえ塾に通っている子も習い事をしている子もいたので、それほど多人数ではありませんでしたが、おばあさんの語りに魅せられ、必ず毎月やってくる常連の聞き手が数人いました。わたしも晶くんも数人の中に入っていました。わたしも晶くんも塾に通っていなかったのです。たとえ塾があったとしても、わたしはそんなものまったく意に介さずに、公民館に足を向けたと思いますが。晶くんといっしょに、ぞくぞくするようなお話を聞ける。こんな至福の時間を塾のためにふいにするほど、わたしは愚かではありませんから。

見えない目を空に向けて、おばあさんは訥々《とつとつ》としかし感情豊かに語ってくれたのでした。百歳とは信じられぬほど瑞々《みずみず》しい、百歳でなければ持ちえない不可思議な余韻のある語りでした。

ああ、まだあの声が、あの韻律が聞こえてきそうな気がします。竹の鳴き声といっしょになって、わたしの鼓膜を震わすようです。

旅人は迷うて、迷うて、やがて日が暮れてしもうた。
疲れきってもう歩けぬ。もう一歩も歩けぬと、
しゃがみこんだそのときに、聞いたのよ。
聞いたのよ……声をな。

それは、それは、狼のものじゃった。

狼が吼《ほ》えておる。その吼え声は地を這《は》い、天を駆けて、旅人の許《もと》に届いたのじゃ。

どうじゃ、どうじゃ。

旅人は恐れおののいたか？

己《おのれ》の命もここまでと覚悟したか？

いやいや……そうではなかった。

旅人の血はわさわさとわき立ったのよ。血が騒ぎ、心臓が激しく鳴って、体が燃えるように熱うなった。

熱いのじゃ、熱いのじゃ。熱うてたまらぬ。

旅人は思わずこう口を開けておった。

こういうふうに……ぐわりとな。


女の子が悲鳴をあげました。わたしも声こそ出さなかったけれど、胸を押さえて息をのみました。おばあさんの顔が一瞬だけだけれど、牙《きば》を剝《む》いた狼に見えたのです。怖かったです。大きく息をついたとき、晶くんと目が合いました。

晶くんが微笑《ほほえ》みます。とても美しい笑顔でした。

山は晶くんがこんなにも美しく笑むことができると、知っていたのでしょう。

山は晶くんを愛したのです。だから、自分のものにしたかったのです。

竹の声が聞こえます。

# 壱の弐

眠っていたのだろうか。

目を開けると床につっぷしていた。身体が冷えている。寒気がした。電話機を握り締めたままだ。華奢《きゃしゃ》でおしゃれな形の電話機。

顔をあげ、時計を見る。見ながら何時でもいいと思っていた。

何時でもいい。時間なんかどうでもいい。

行かなくちゃ。

わたしは晶くんに約束した。だから、行かなくちゃ。どうしても、行かなくてはならないのだ。

のろのろと立ち上がる。行かなくちゃ、行かなくちゃと呪文《じゅもん》のように唱えていた。

そう、独り言じゃない。これは呪文だ。過去がわたしを呼んでいるその証《あかし》の呪文なのだ。

行かなくちゃ、行かなくちゃ、行かなくちゃ、行かなくちゃ。

あの少年のもとに行かなければならない。身体が重い。頭はそれ以上に重くて、思うように動いてくれない。急《せ》いているのは心だけだ。ふと、壁の絵に目が止まった。楓の絵だ。母の日のプレゼントとして、成美の似顔絵を描いてくれた。

楓……。

あの子をどうしよう。放って行くわけにはいかない。一人にしておくことはできない。でも、わたしは行かなければならないのだ。

電話が鳴った。握り締めたままの電話機が成美を呼び出している。虫の音に似せただけの、少しもさやかではない機械音で、呼び出している。反射的に耳に当てていた。

「もしもし、上原さん」

伸世の陽気な声音が滑り込んでくる。

「わたし、井伏だけど。ねぇ、今、ひま?」

ひま? と問いかける口調ではあったけれど、伸世に成美の都合を頓着《とんちゃく》する気などないのは、いつものことだった。

「あのね、ちょっと聞いてほしいことがあるのよ。けっこう、おもしろい話なのよね。

ほら、隣のクラスに石島《いしじま》さんって子がいるじゃない。石島早紀《さき》ちゃん。知ってる？　まあ知らなくてもいいんだけど。わたしと石島さんのお母さんって、実は中学の同級生でさ。偶然なんだけど子ども同学年になっちゃって、旧姓は富永《とみなが》って言うんだけど。久しぶりに出会って、お互いびっくりよ。それでね」

「井伏さん」

叫んでいた。叫んだ瞬間、喉《のど》に痛みが走った。そのぐらい、必死に叫んでいた。誰かに縋《すが》るという感覚を初めて味わった。

この人に縋るしかない。

縋り方など知らない。甘え方も、上手な頼み方も身につけていなかった。懸命に縋るしかない。

伸世が息を飲む気配が伝わってくる。叫んだだけで、後に続く言葉を失って成美は黙り込んでしまった。束《つか》の間《ま》、沈黙がおとずれる。

「上原さん……どうしたの？」

伸世が声をひそめて問うてきた。今度は、成美の返事をまっている問いかけだ。

「なにかあったの？」

「井伏さん、お願い」

「え？」

「楓を預かってください」

「え？」

「少しの間、楓を預かって欲しいの。お願い、お願い、井伏さん」

再び息を飲む気配が伝わってきた。

「いいわ」

短い答え。たった一言だけれど、それは受け入れの言葉だった。

「井伏さん、ほんと、ほんとにいいの？」

「構わないわよ。晴香と楓ちゃん、今、同じ班でけっこう仲良しだし。うちにお泊りするの楓ちゃん、いやがらないでしょ。楓ちゃんが納得してるなら、何日でもあずかるわよ」

「ありがとう。ほんとに、ありがとう」

「いつからがいい？」

「できれば、明日から」

「わかった。明日は土曜日だから、いつでも上原さんの都合のいいときに、連れてきてくれていいから。それとも、わたしが迎えにいこうか？」

「だいじょうぶ。明日十時ぐらいに連れて行くから」

「わかった、待ってる。じゃあね」

通話が切れる。伸世は、ほとんど何も聞かなかった。何も聞かず、楓を受け入れてくれた。安堵《あんど》する。

立ち上がり身体《からだ》を引きずるようにして、準備にとりかかる。あの山にもう一度、立ち向かう。そのためには何が必要なのだろう。

少年を愛し、呑《の》み込んだあの山と、わたしはどこまで戦うことができるだろうか。

晶くん。


わたしは竹林の中にいました。

山の麓に広がる竹林の中です。その昔、わたしの住む町を含む一帯は竹製品の生産で有名だったのです。

籠《かご》、花入れ、器、箱、竹炭から人形まで作り、全国へ送り出していたとか。昔のことです。工芸品としてはまだしも、日用品として使用する人などめったにいなくなったこの国で、わたしたちの町は静かに衰えていきました。

最盛期には、町の角ごとにあったという竹細工の店は、当時、わたしが小学六年生のときにはもう一軒もなくなっていました。

残ったのは竹林だけです。山の麓に、斜面に、川岸に、竹林は残りました。空から見ると、わたしたちの町は竹林に囲まれ、埋め尽くされようとしている。そんなふうに見えるのではないでしょうか。

その日、わたしは竹林の中にいました。猫を埋葬するためです。その日の朝、飼い猫のポピイが車に轢《ひ》かれ死んだのです。わたしが三年前に拾ってきた三毛猫でした。軽トラックとぶつかったポピイは目立つ外傷もないのに、道の端で目を見開いたまま冷たくなっていました。

「竹林に埋めておいで」

母に言われました。飼い猫であろうと犬であろうと、四本足の動物を庭に埋葬することを母はとても厭《いと》うていたのです。

わたしは泣きながら、一人、竹林の中にいました。泣いても、泣いても涙が止まりません。母も父も兄も、あまり動物が好きではなく、拾ってきた猫一匹死んだとて何ほどのこともなかったのです。誰ともこの喪失感を分かち合えないという思いに、わたしはさらに泣いていました。

わたしはたった一人でした。たった一人だと感じることの、底無しの淋しさにあの日、わたしは触れたのです。

「あれ……成美」

ふいに声をかけられました。背後からです。振り向かなくても、後ろに誰が立っているかわかりました。この声を聞き間違うはずはありません。わたしは、ゆっくりと振り返り呟《つぶや》きました。

「晶くん」

ナルミと呼ばれました。一クラス二十人。クラス替えもないままですから、クラスメートはずっと同じ顔ぶれです。わたしの旧姓でもある春下《はるした》という苗字《みょうじ》がやたら多かったということもあって、みんな姓ではなく名前を呼び合っていました。だから、わたしをナルミ、ナルミちゃんと呼ぶのは、クラスの全員でした。晶くんだけが特別ではないのです。それでも、晶くんにナルミと呼ばれることは特別なことでした。わたしにとっては、特別なことでした。

晶くんはわたしが抱いているポピイに目をやって、全《すべ》てを悟ったようでした。

「手伝《てつど》うちゃるよ」

わたしの足元に転がっていたシャベルを拾い上げ、穴を掘り始めたのです。竹林は竹の根が張り巡っているので、穴を掘るにもコツがいります。まだ十二歳だったけれど晶くんは、そのコツをちゃんと知っていました。

猫を埋めるのに十分な穴を掘り終えて、晶くんはわたしを見つめました。何も言わず見つめました。

わたしも何も言わずポピイを穴の底に置きました。湿った土の香りが強く、強く、鼻腔《びこう》をくすぐりました。

「土、かけてもええか？」

「うん」

ポピイが埋まっていきます。さっきほど涙は出てきませんでした。たぶん、一人ではないから……だと、思います。

ありがとう。晶くんにお礼を言おうとしたとき、風が吹きました。竹の葉が揺れます。潮騒《しおさい》のような音でした。そして、鳴ったのです。

カツーン、カツーン

竹がぶつかり合い、響き合い、乾いた音をたてました。竹林が鳴いた声です。思えばあのとき、山は晶くんを愛したのではないでしょうか。愛する者を見つけた喜びに、身を震わせて鳴いたのではないでしょうか。

次の日、成美は故郷の町へと旅立った。

晴天だった。

旧暦の一日、朔《さく》の日の朝でもあった。

## 弐の弐

故郷の町は様変わりしていた。

変わってしまったというより……。

壊れている。「見る影もなく」ふっとそんな言葉が頭の中にわいてきた。わたしの故郷は、見る影もなく壊れてしまったのだ。

山から風が吹き下りていた。タクシーの残した排気ガスをさらっていく。そうしたらもう、何もなかった。いや、
水の匂《にお》いだけが濃く存在していた。

成美は旅行カバンを手に佇《たたず》んだまま、息を吸い、吐いていた。吸う、吐く。もう一度吸って、吐き出す。吸えば、水の匂いが身体に流れ込んでくる。吐けば、自分の吐いた息が水の匂いに

染まったかとも思える。

そういう町だった。昔からそうだった。

だから、

そこだけは変わっていない。ここに立ち息を吸い、吐けば、己もまた水の匂いに染まるのだ。

小さな町を二分するように、小さな町には不釣合いな幅広の川が西から東に向けて流れている。

川は緩やかに蛇行し、山裾《やますそ》を舐《な》め、流れさって行く。いつも、豊かに水の匂いを放っていた。春から夏にかけては草木の萌《も》える香りと混じり合い、夏の盛りには雑多なもの、甲虫《こうちゅう》、土、叢《くさむら》、獣……のいきれに塗《まみ》れ、秋深くなれば熟した果実の甘さを纏《まと》う。そして、冬には透明な水そのものの匂いにもどる。

そういえば、もう何年も水の匂いなど忘れていた。水道水が臭いと感じることは度々あっても、水にくっきりとした匂いがあることなど忘れてしまっていた。

思い出す。

水の匂いに包まれ、染まり、水に匂いがあったことを思い出す。

変わっていない。そこだけは変わっていない。しかし……。

最寄りの駅から日に三本だけ運行されているバスにのりこみ二時間余、終着の場所は、一昔前は湯治場としてそれなりに賑《にぎ》わったけれど、今は鄙《ひな》びたというには寂《さび》れすぎてしまった温泉町だった。

成美の故郷は、ここからさらに一時間近く歩かねばならない。

よくこんなところに暮していたな。

裕福ではないけれど貧しくもない。都会でのそこそこの暮らしに慣れてしまった身には、あまりに生気のない、萎《な》えたような町の姿は異様にさえ映った。しかも故郷の町は、ここよりまだずっと奥に位置するのだ。

信じられない。

成美は旅行カバンの取手を強くにぎりしめた。タクシーに乗り込む。徒歩なら一時間、車をつかえば十数分の距離となる。

「お客さん、なんでまた、あんなところに」

行く先をつげると、初老の運転手は絶句した。

「行っても、なんもないですが」

「いいんです」

成美はわざとそっけなく答えた。

「なにもなくてもいいんです」

「ほんと、なんもないですよ」

運転手の声音はなぜか憂《うれ》いをおびていた。成美の告げた場所へと車を走らせることが苦行でもあるかのように、哀《かな》しげな響きを含んでいる。

「いいから、行ってください」

言い捨てて、横を向く。こんな断定的で横柄《おうへい》でさえある物言いを自分がするとも、できるとも思わなかった。

ため息が聞こえた。

一瞬、運転席から聞こえたと感じたのは錯覚で、その息音は成美自身の口からこぼれたものだった。

運転手は無言のまま、レバーを操作する。水色の車体のタクシーは人気のない通りをかなりのスピードで走り出した。

後部座席で目を閉じる。

まぶたの裏に楓の顔が浮かんだ。

「ママ、いってらっしゃい」

晴香と左手をつなぎ、いつもより少しだけ頬を紅潮させて、楓は右手を振った。

高揚した表情だった。

母と別れて、他人の家に泊まるという経験は楓に心細さや不安より、高揚感を与えているらしい。

「ママ、いってらっしゃい」のあと、楓は晴香に促されて家の中に姿を消した。泣かれたらどうしよう、ママ、いっちゃ嫌だと縋《すが》られたらどうしようと気に病んでいた全てが杞憂《きゆう》となった。

「楓ちゃんもだんだん親離れするのよ」

伸世が背中を軽く叩《たた》く。

確かにそうだ。子どもという生き物の、伸びて、変化していく速度ときたら……とうてい、追いつけない。ほんの一週間、一日、数時間で変容する。

入学式の日、母親の上着の裾を握って放さなかった娘が一月もたてば、旅立つ母を笑いながら見送ったりする。

ママ、いってらっしゃい、か。

「寂しい？」

笑みを残した顔で伸世が問うてくる。

「少しね」

「覚悟しなきゃ。子どもなんて、そんなもんよ。いつかいなくなっちゃうの」

伸世はそう言ってぱかりと口を開け、からからと笑ったのだ。

いつかいなくなっちゃう。

子どもって、そういうものなのか。

そういうものなのだ。

ママ、いってらっしゃい。

いつか、わたしが見送らねばならなくなる。ママ、いってきます、さようなら。そんな別れの言葉を残して、子どもは去っていく。

そういうものなのだ。いつかいなくなっちゃう……親元から旅立ち、もう帰ってはこない。

「なしてや、なしてや」

白いブラウスの背中が楓の顔にかぶさり浮かんでくる。

「なしてや、こんな惨《むご》いことがあるんか。なして、晶は帰ってこん。なしてや、なしてや」

晶の母は、大柄で磊落《らいらく》な女だった。富貴子《ふきこ》という名だったと思う。

「うちのおかん、大声で笑うから。あれ、えらく恥ずかしいや。参観日とか来てほしゆうないし」

晶は半ば本気で苦情を言っていたけれど、成美は富貴子の屈託のなさ、つきぬけたような明るさがけっこう好きだった。神経質で口うるさい自分の母親にはないものだったからだ。

富貴子は泣いていた。髪を乱し、声をからし、のたうつように身をよじり、号泣していた。

「なしてや、なして、晶を見放すんや。惨いで、惨いで」

石倉《いしくら》晶が行方不明になって三週間。捜索打ち切りの決定がなされた日だった。

「なして、晶は帰ってこん。どこにいってしもうたんや」

成美は立ち尽くしていた。立ったまま悲痛な声を聞き、のたうつ背中を見ていた。

なぜそこに、石倉家の庭に面した広い座敷に、あのとき立っていたのだろうか。親《しん》戚《せき》でも大人でもない成美が、なぜ修羅場に立ちあっていたのだろうか。

わからない……。

成美は立ったまま、ただ背中を見ていただけだ。

その背中がむくりと起き上がる。顔が向く。

悲鳴をあげそうになった。

異形《いぎょう》の面だ。

充血した眼《め》はただ紅《あか》く、涙さえ血色に染まって見える。頬はこけ、無数の皺《しわ》がよっている。唇は乾きひび割れ、口中で舌がのたくっている。断末魔の蛇だ。

鬼女の形相ではないか。

子を失えば、母は鬼になる。山で迷えば、人は獣になる。

百歳の老婆《ろうば》の語りがよみがえってくる。


熱いのじゃ、熱いのじゃ。熱うてたまらぬ。

旅人は思わずこう口を開けておった。

こういうふうに……ぐわりとな。


「なるみ……ちゃん」

鬼女が成美の名を呼んだ。血が凍る。血も体液も肉も骨も凍っていく。大げさでなく感じた。ピシピシと金属音をたてながら、自分が凍っていく。悲鳴をあげそうになった、でも声がでてこない。舌も声帯も凍りついている。

「なるみちゃん」

鬼女の手は凍った成美の身体《からだ》よりずっと冷たかった。

「あんた、知っとうね。晶がどこにいるか、知っとうね。なるみちゃん、なるみちゃん」

凍っているのに熱い。凍りながら燃やされていくようだ。

「あんた、晶と仲良かったがいね。だから、知っとうよね。あの子がどこにおるか、知っとうよね」

深紅の網の目が鬼女の眼球を覆《おお》っている。口の端から一筋、涎《よだれ》が垂れた。

わたしを食べようとしている？

「なるみちゃん」

「知っとうよ！」

叫んでいた。凍っていたはずの声帯が燃えながら震える。

「知っとうよ！　知っとうよ！」

「知っとるて。あんた、知っとるて。どこよ、晶はどこにおるよ」

「ごめんなさい、ごめんなさい。知っとるよ、知っとる」

「どこにおるて、聞いとるんや」

どこからか、背の高い女が走り寄ってきた。

「富貴子」

　身内なのだろうか呼び捨てにする。そして、富貴子を後ろから抱きかかえた。

「気持ちはわかるけど、ええかげんにしんさい」

「放しいや、放しいや。この子は知っとんのや。晶のおる処《ところ》を知っとんのや」

「なにを言うとるの、知っとるわけがないで。怯《おび》えとるやないの。しっかりしてや、富貴子。もう覚悟せな、あかんで。晶のことは、覚悟せなしょうがないやで」

　女が顎《あご》をしゃくる。

　早う行って。ここから立ち去りなさいと合図していた。

　逃げ出す。背後で咆哮《ほうこう》がした。

「あきらぁぁぁぁ」

　獣の啼声《ていせい》ではない。母が子を求める哮《たけ》りだ。

「お客さん、着きましたけど」

　目を開ける。

　緑が飛び込んでくる。

　猛々《たけだけ》しい色だった。これは、
　人を食らう色だ。

車から降りる。僅《わず》か十数分前までは寂れたといっても、まだ十分に人間の息吹《いぶ》きの感じ取れる場所にいた。今朝はまだ、ビルが林立し、車の途切れることも夜が闇《やみ》に包まれることもない都会にいた。信じられない。あまりに隔たっている。

生まれた町は、もう町などではなくあらかたを緑に呑《の》みこまれ、消えようとしていた。

成美がいたころは、まだ、家々が並び、学校があり、舗装道路が通じ、田んぼは生きて稲を実らせていた。犬が吼《ほ》え、猫が鼠《ねずみ》を狩り、人々がしゃべり、働いていた。祭りがあった。自動車の警笛が鳴り、自転車のベルが響いた。週に一度、魚と雑貨を売りに来る行商の軽トラックが流す雑音まじりの童謡が聞こえた。葬儀が頻繁に行われ、ほんとうに稀《まれ》にだけれど婚礼も催された。

人の生きている軌跡があり、暮らしがあり、日々の営みがあった。

全《すべ》て、消えようとしている。

人々は去り、家は崩れ、そこに緑が侵食してくる。蔦《つた》がからみ、雑草が茂り、やがて雑木が根を張り、枝を広げる。道の舗装はひび割れ、そこからも雑草が触手のように伸びていく。田は荒れ瞬《またた》く間に草藪《くさやぶ》にかわる。

山が増殖していく。人の痕跡《こんせき》をのみこみ、緑を濃くし、ぞわりぞわりと膨れ上がっている。

緑とは人を食らう色なのだ。

「もうだれも住んじゃいませんよ」

運転席から身を乗り出し、初老の運転手が告げる。

「この集落はとっくになくなってもうてね、残っとるのは名前だけですけ。お客さん」

運転手が息を呑み込む。

「帰りますか？」

成美は無言でかぶりを振った。

「帰りませんか。もうすぐ日が暮れる。若え女子《おなご》さんが一人でおるようなとこじゃないですけな。熊《くま》が出るかもしれんし……帰りは料金、いりませんけ。ただでええですから。送っていきますけえ、なっ帰りましょう」

いい人だわ。

運転手に向き直り、微笑《ほほえ》んで見せる。

「だいじょうぶです。心配しないでください」

「へ？」

「わたし、死んだりしませんから」

「あ……はぁ」

「運転手さん、わたしね、ここで生まれたんです。久しぶりに、生まれ故郷が見たくなっただけなんです。少しだけぶらぶらしたら、帰ります」

運転手の肩から力がぬけた。

「そうですか……」

「そんな人、いるんですか？」

「はい？」

「ここに死にくるような人、いるんですか？」

「おりますよ」

妙にはっきりとした答えが返ってきた。

「わたしじゃありませんが、同僚が乗せました。乗せてここで降ろしたそうです。中年の男やったそうです。山に入ったまま帰ってこんかったそうです……宿に荷物、おいたまま、こげえに小さなリュック一つで」

運転手の両手がなにかをなぞるように丸く動く。

「それだけ背負って山に入って……とうとう、帰ってこんかったそうです」

晶くんも、帰ってこんかったよ、運転手さん。

「同僚のやつ、落ち込んでもうてね。様子が変だと思うた、ちゃんと止めればよかったって、三途《さんず》の川の渡し守の役をしてしもうたって、落ち込んでもうて……。まあ、もともと気の弱ぇやつだったんですけど……なんぼ、おまえのせいやないて慰めてもあかんで、落ち込んで、とうとう辞めてしもうたですよ。ほんま気の弱過ぎるやつですけど、わたしもね……そういう目に遭《お》うたらやっぱり、落ち込みますけぇな。やっぱり悔いちゅうか、嫌な感じは残ってまうしね。お客さん、若いし一人やし、失礼かと思うたけど」

「運転手さん」

「はぁ」

「二時間ほどしたら、お迎えにきてくれます？」

「あっ、へぇ……そりゃあかまわんです。二時間ですな。そのころはもう日が暮れてもうてますが」

「二時間後に。わたし、ここで待ってますから。お願いします」

「はぁ、わかりました」

そこで、やっと運転手は笑顔になった。ほなら、また来ますと笑顔のまま、車を発進させた。荒れた道路の凹凸にそって、車体を揺すりながら遠ざかる。
成美は一人になる。
風が山から吹きおりてくる。風は緑を揺らし、水の匂《にお》いを連れてくる。
水の匂いに包まれる。
カツーン、カツーン。
竹が鳴いている。
息が詰まった。呼吸も鼓動も血流も止まり、肉も骨も消えて、身体が空洞になる。
そこに、竹の音が響いてくる。
カツーン、カツーン、カツーン
竹の音だけが響いてくる。
成美は引きずられるように、歩き出していた。

晶くんは、山から帰ってきませんでした。ときどき、そんな人がいるのです。山に入ったまま帰ってこれなかった人が……。
たいていはお年寄りでした。山菜とりに出かけたまま、茸《きのこ》を目当てに入ったまま、帰ってこなかったお年寄りはわたしが知っているだけでも、数人います。

加瀬《かせ》さん家《ち》のおじいさんは山芋掘りに入ったまま行方不明となりました。佐伯《さえき》さんのおばあさんは、山道とはいえ車がときに行き来もするような生活道路のすぐ傍らで、木の根元にうずくまり息絶えていました。

お年寄りはふっと山に引かれるのだそうです。心身が少しずつ枯れてきて、死が徐々に近寄ってくる。生きてきた時間の長さが死への怖《おそ》れを緩和していく。そういうところまで生き続けた者は、山に引かれやすくなるのだそうです。ここにおいでと、山が呼ぶのでしょうか。

おまえはよく生きた。だからもう、終わりにしていいのだよ。

ここにおいで、ここにおいで、ここにおいで。

そんなふうに呼ばれるのでしょうか。

「そんなこと、あるわけないがん」

美沙ちゃんが言いました。唇をまげて笑います。そんな笑い方をすると美沙ちゃんは大人の女のように見えました。

「成美ちゃんは、変なこと考え過ぎるんよ」

大人の女の顔で美沙ちゃんはさらに言いました。そして、

「なっ、アキちゃん」

と、隣を歩いていた晶くんの顔をのぞきこみます。

三人、わたしと美沙ちゃんと晶くんは、学校からの帰り道が途中までいっしょなのです。わたしたちはみんな十二歳でした。もうすぐ小学校を卒業します。

わたしたちは十二歳。そして卒業文集の係りでもありました。

小さいころから、読むことも書くことも大好きだったわたしは、将来、本を創《つく》る仕事につきたいと思っていました。むろん、誰にも話したことはありません。自分の夢を本気で語れるほど、わたしはわたしに自信がなかったのです。

卒業文集の係りはあまり人気がありません。『わたしの夢』とか『ぼくの思い出』というテーマの作文をコピーしたり、表紙を考えたり、六年間の行事を書き出したり、先生方にコメントをもらったりと、地味で煩雑《はんざつ》な仕事だったからです。

でも、わたしはやりたかった。でも、自分からやりたいと声をあげることはできませんでした。やりたいのにやりたいと主張できないのです。わたしは、そういう子でした。

だから、美沙ちゃんが卒業文集の係りに名乗りをあげ、「あとの二人は成美ちゃんと晶くんがいいと思います。成美ちゃんは前に文集を創りたいって言っていたし、まじめです。絵も上手です。晶くんも絵が上手だし、センスがすごくいいので、二人に表紙とか中のイラストを描いてもらえばいいと思います」と、わたしを推薦してくれたときは胸が高鳴りました。どきどきし過ぎて、汗が滲《にじ》んだほどです。しかも、晶くんもいっしょなのです。

ありがとうって、美沙ちゃんに抱きつきたい気持ちでした。

美沙ちゃん、ありがとう。

でも、美沙ちゃんは晶くんだけを見ていました。ほんの僅か首を傾けて何も見ていないようで一人だけを見ている、不思議な眼《め》つきをしていました。あんな眼つきができるなんて……美沙ちゃんはやはり、大人だったのでしょうか。

ともかく、美沙ちゃんのおかげでわたしは卒業文集の係りになれました。嬉《うれ》しかったです。とても、嬉しかったです。美沙ちゃんは頭の回転が速くていろんなことをぱっぱっと思いつきます。「どうせ創るんなら、独創的なものにしようよ」「独創的？」「今までの卒文とはちょっと違う感じのやつ」「どんなふうに？」「うーんとね」と考えて美沙ちゃんは、アイデアを出します。

「〇〇が一番」ってコーナーを作って、クラスの一番を決めよう。例えば、給食早食い一番とか、片付け上手一番とか。先生たちの小学校のときの写真、載せようよ。作文のタイトルは『大人になったわたし』ってのがいいよ、あっ作文だけじゃなくて絵も描いて載せよう。卒業生クイズとかいいかも、賞品付けて。それから……。

美沙ちゃんのアイデアはつきることがなく、次から次へ湧《わ》きだしてきます。でも、実行するのは難しいというか、非現実的なものもたくさんあって、そういうときは晶くんが「それはだめ」「そんなの無理や、でけん」と、あっさり否《こば》むのでした。わたしはたいてい黙って、二人のやりとりを見ていました。それだけで幸せでした。至福。

そんな言葉も意味もまるで知らなかったけれど、わたしは確かにあのとき至福の時間をすごしていたのです。

晶くんが、好きでした。

そして、あの日、わたしたちは三人連れ立って校門を出たのです。

「成美ちゃんは、変なこと考え過ぎるんよ」

ぴしりと美沙ちゃんに言われ、わたしは目を伏せてしまいました。山のことなんて口にしなきゃよかった。後悔の念がわきあがります。過ぎて行く時間があまりに楽しいので、つい口が滑ってしまいました。心の内にあるものを言葉にすることに、あれほど臆病《おくびょう》で不器用なわたしが、つい口を……。

「おれも、たまにそんなこと考えるで」

晶くんの声が耳朶《じだ》に触れました。わたしは顔を上げ、目を見開いてしまいました。わたしをちらりと見やって、晶くんが続けます。

「おれも成美みたいなこと、考えるで。年寄りて、なして慣れた山で死ぬんやろうかてな。体力がないとか、寒さに弱いとか言うけどな、それだけやないて思うてた。成美の話聞いて、ああそうかと思うた。山が人を呼ぶて、ほんま、そんな気がするやな」

夢のようでした。晶くんが、わたしの話を本気で受け止めて、本気で答えてくれたのです。

嬉しくて、嬉しくて、泣きそうになりました。唇をかんで力をこめていなければ、涙が零《こぼ》れて止まらなくなりそうでした。

「ふーん。そうかなあ。あたし、ようわからんけどな」

美沙ちゃんが鼻の頭に皺《しわ》をよせました。変な顔だと晶くんが笑い、美沙ちゃんは平手で打つ恰好《かっこう》をしました。

分かれ道にきました。

櫟《くぬぎ》の木が一本、はえています。大きな木です。その根元にとても小さな壊れかけた祠《ほこら》がありました。

「さようなら」

わたしは二人に手を振りました。わたしはここから右へ、晶くんと美沙ちゃんは左の道を帰ります。右に行けば川に、左に進めば山に行きつく分かれ道でもありました。

「また明日ね、成美ちゃん」

「バイ」

ちょっと笑って、もう一度手を振って、わたしは二人に背を向けました。

夕焼けを覚えています。空全部を紅《あか》く染める毒々しい夕焼けではなく、西の山際《やまぎわ》だけをそっとオレンジ色に、いいえ、あれは柿《かき》色でした。晩秋に枝の先に一つだけ残った柿の色です。

山際を柿色に染めて、太陽が沈もうとしています。さっきの晶くんの声や表情がわたしを幸せにし、見慣れた夕焼けの風景をこの上ないほど美しいものに感じさせてくれました。

晶くんが、好きでした。

あ……。

足が止まりました。カラーペンのことを、ピンク、青、黄色、三色セットの蛍光カラーペンを美沙ちゃんに借りたままになっていたことを思い出したのです。

文集のイラストを描くのに艶《つや》のある蛍光ペンを使うとても鮮やかなのです。文集一冊につき一箇所だけ蛍光イラストを入れようというのも、美沙ちゃんのアイデアでした。

明日返してもよかったのです。でも、返し忘れたとわかっていながら、返さないのは気になります。カバンの中に他人の持ち物が入ったままの時間が気になるのです。明日の朝まで、その気掛かりを引きずるのが嫌でした。わたしは、へんに神経質な少女でもあったのです。

さっき別れたばかりだ。走ればおいつける。

わたしにしては珍しく決断し、即座に行動に移しました。回れ右をして、走りました。背中でランドセルがかたかたと音をたてました。櫟の木のところまで走り、そこでちょっと息を整えて、美沙ちゃんを追いかけよう。そんなことまで考えていました。

あ……。

やはり足が止まりました。さっきのように自然にではなく、無理やり急ブレーキをかけた感じです。身体《からだ》がぐらりと揺れました。そのくせ、足の方は道に杭《くい》で打ちつけられたように動かなくなったのです。心臓も杭で貫かれたように感じました。

晶くんと美沙ちゃんはまだ、櫟の下にいました。晶くんが木の幹にもたれかかり、美沙ちゃんが傍らに立っていました。夕陽は刻々と力を失い、わたしもわたしたちもわたしたちの町も早春の、いいえ、晩冬の闇に沈み込もうとしています。

二人は肩を寄せ合っているのでしょう、わたしの立つ場所からだと、二つの身体が一つにつながっているように見えました。美沙ちゃんが何か言ったようです。晶くんが顔を寄せました。それから……それからの記憶は定かではありません。

「成美」

母の癇《かん》が立った声でわたしは我にかえりました。

「あんた、なにしとおの。こんなとこで」

「え？」

「え？　やないで、もう暗いやないの。帰ってこうけん、心配したのに……なんでこんなとこに、突っ立っとおの」

「あ……」

母の言うとおりでした。辺りはもう闇です。冬の風にさらされて、身体は冷え切っていました。ふいにしゃがみこみたいほどの尿意を覚え、わたしは下腹に力をこめました。

「ほんまに、ぼけっとして。早う帰り」

「うん」

櫟の下にはもう誰もいませんでした。

弐の参

成美は竹林の中を歩いていた。竹の葉の積み重なりは、雑木のそれより、人の足音を高い音程で反響させるようだ。

サクッ、サクッ、サクッ。

足音が高く反響していく。

若竹が目に付く。一際艶やかな緑色の稈《かん》は、根本にまだ皮を纏《まと》っていた。手入れされないまま放っておかれた孟宗竹《もうそうちく》の林は、荒れ果てていた。雪の重みに耐え切れなかったのか、幾本もの竹が裂け、倒れ、横たわっている。密生し日があたらなくなったせいだろう、腐り果てた筍《たけのこ》が目につく。里山も人と運命をともにするのだ。人が絶えれば、絶えたときから、ゆるりゆるりと命は細り、細り、細り、消えてしまう。消えて二度と現れはしない。

竹林は、成美のいたころとは比べようもないほど荒廃し、緩慢に死を迎えようとしているのだ。消えようとしている。

根が盛り上がり、何度となく足を取られそうになった。一度などは葉の下に隠れていた根の隆起に気がつかず見事に掬《すく》われ、つんのめり、もろに顔をうちつけた。鼻血をティッシュで押さえながら、歩く。

歩いても、歩いても、竹は尽きることなく続いていた。腐りながら死にゆきながら続いていた。巨大な屍《しかばね》のようだ。自分の中に分け入り、歩く者を微《かす》かな腐臭と猛々《たけだけ》しい緑の匂《にお》いに包み込んでしまう。

カツーン、カツーン。

竹の音を聞いた。竹がしなり、ぶつかり合い立てる音だ。風は吹いていなかった。外ではない。

頭の内側で鳴っている。

カツーン、カツーン。

竹が頭の中で、成美の内で音をたてる。

カツーン、カツーン

なるみ……。

「晶くん」

成美は息をはずませ、立ち止まる。鼻が熱い。重い。血が乾いて鼻腔《びこう》を塞《ふさ》ぎ、息苦しい。

ここだろうか、ここだったろうか。

お地蔵さまは？　晶くん、お地蔵さまがないよ。

「晶くん」

なるみ……。

「おるんね、晶くん。ここに、おるんね」

竹をわさわさと振ってみる。わさわさと葉が鳴る。ただそれだけだ。跪《ひざまず》き、根本を掘ってみる。竹の根が張り巡っている大地は容易に掘り返すことなどできない。

風が吹き、わさわさと葉が鳴るだけだ。

掘るにはコツがいる。そのコツをわたしは忘れてしまった。晶くんは知っていたのにね、ちゃんとポピイを埋めてくれたのにね。

晶くんと二人っきりになりたかったのです。

あのときのわたしの望みはそれだけでした。それだけでした。

中学校もみんないっしょです。小学校を卒業したからといって、会えなくなるわけではありません。でも、きっと、心は離れてしまうでしょう。わたしたちは十二歳から十三歳になり十四歳になります。美沙ちゃんはますます愛らしく大人っぽくなっていくだろうし、わたしは無口で気弱な少女のままで……今思えば、愚かだったと思います。もう少し、自分を信じればよかった。わたしはわたしなりに変わっていけるのだと、少女は誰でも殻を破って羽化できるものなのだと、なぜ気がつかなかったのでしょうか。

今更、悔やんでもせんないことではあるのですが。

晶くんと二人っきりになりたい。

一時間でいい、三十分でいい、一分だけでいい。

思いは高じ、わたしは自分の思いにきりきりと身を絞られて、縛られて、日々を生きていました。あまりに苦しくて、痛くて、耐えられなくて、わたしは晶くんに手紙を書いたのです。

卒業式の次の日、山裾《やますそ》の竹林の中で会いたいと。

わたしたちの町にとって、竹は特別な樹木でした。さすがに若者は口にはしませんが、古老は竹に「竹さま」と敬称をつけて呼びます。竹の生育で、その年の吉凶を占ったりします。

春、竹が一段と青めき、伸び始めようとする時季、竹に囲まれて約束を交わせば必ず果たされる、果たさなければならない。

そんな口碑《こうひ》が残っていたりもするのです。だからわたしは、竹林であなたに会いたいと書きました。待っているから、来て欲しいと。

会いたかったのです。ほんとうです。会いたい、待っていると綴《つづ》った文に嘘《うそ》は一つもありませんでした。ただ、ただ……手紙の最後にわたしは「成美」ではなく、「美沙」と記したのです。

成美と書けば、無視されるかもしれない。竹林の中でわたしは一人、永遠に来ない人を待ち続けなければならないかもしれない。思えば怖くて、どうしても自分の名前が書けませんでした。

ごめんなさい、ごめんなさい、ごめんなさい。

どうして、こんなことになってしまったのでしょう。やはり、わたしにはわかりません。もしかしたら、もしかしたら……。

晶くんは山に愛されたのかもしれません。山が晶くんを呼んだのです。愛《め》でたのです。自分のものにしたかったのです。

全《すべ》て言い訳でしょうか。罪は全て、わたしにあるのでしょうか。全て、わたしにあるのです。

あの日、晶くんを呼び出したあの日、わたしは急な発熱に襲われました。手紙を出して以来ずっと続いていた緊張のせいなのか、たまたま体調を崩してしまったのか、明け方、四十度近い熱を出し、布団《ふとん》から起き上がることができなくなったのです。

行かなくちゃ、行かなくちゃ。

朦朧《もうろう》とする意識の中で、ただそのことだけを考えていました。

わたしは行かなくちゃならない。

薬のおかげで熱がさがり、なんとか動けるようになったとき、壁の時計は午後四時三十分を示していました。約束の時間を三時間も過ぎていたのです。心臓が止まるかと思いました。

わたしは起き上がり、着替え、家人の目を盗んで約束の場所に走ったのです。晶くんがいるとは思いませんでした。三時間も遅刻したのです。最初から来なかったかもしれません。今となればそのほうがいい、そうであってくれと身勝手な祈りを胸に、竹林まで走りました。そのころは、まだ竹林は生きていました。人の手によって適度に間引きされ、一本、一本が均一に真っ直ぐに伸びているのです。子どもの足でも、山歩きに慣れていれば、さほどの苦労なく登ることができました。

わたしが、来て欲しいと指定した場所は竹林の中ほどにあるお地蔵さまの前でした。ええ、そうなんです。竹の間に、小さなお地蔵さまが三体、並んでいたのです。古くて苔《こけ》むして、よくよく目を凝らさなければ石と区別できないようなお地蔵さまですが、手に手に竹の笛や、器らしきものを持っている姿から、竹がもたらす加護に感謝した先人が祀《まつ》ったものと伝えられていました。竹林とともに手入れされ、何百年の時を経て、まだ鎮座しておられるのです。

そのお地蔵さまの前に……。

晶くんはいませんでした。

当然です。

誰もいない風景が眼《め》に沁《し》みてきます。痛みをともなって沁みてきます。誰もいない。誰もいない。

安堵《あんど》と落胆が綯《な》い交ぜになり、わたしは竹に寄りかかりました。熱がぶり返す兆候なのか身体が重く、怠《だる》いのです。耐え難いほどでした。

「晶くん」

呼んでみます。涙が零《こぼ》れました。

わたしは晶くんが好きでした。誰より好きでした。本気で恋をしていました。

方法はどうあれ自分で作った機会、想《おも》いを告げる機会を、わたしはみすみす逃してしまったのです。

なんてバカで不器用な子なんだろう。

自分を大声で罵《ののし》ってやりたい、嘲笑《あざわら》ってやりたい。人はこういう感情を絶望と呼ぶのでしょうか。

「晶くん」

もう一度、呼んでみます。

頭上で竹の葉が音をたてます。ざわざわと揺れます。わたしを嘲笑っているようにも、勝ち誇っているようにも聞こえました。

そのとき、わたしはやっと気がつきました。

目の前の風景がどこかおかしいと。息を呑《の》み込み、頭を振り、目を凝らします。おかしさの因《もと》はお地蔵さまでした。

お地蔵さまが一体、足りません。

二つしかないのです。

そこは、一部が陥没して、天から穿《うが》たれたような穴が開いていました。陥没したのは随分以前のことで、穴の周りにも底にも竹の葉が積もっています。

　お地蔵さまはその穴の縁に立っていたのです。その一体がないということは……。

　穴を覗《のぞ》きこみ、わたしは悲鳴をあげていました。悲鳴というより野鳥の甲高い鳴き声に近かったようです。

　わたしの悲鳴が竹林にこだまします。

　晶くんが倒れていました。穴の底に仰向けに倒れていました。ふっと目の前が暗くなりました。晶くん、晶くん、晶くんが……わたしは転げ落ちるように、穴の底に滑りおりていきました。

　晶くんはぽかりと目を開けて、口も開けて、空を見ています。口の端から唾液《だえき》が少し垂れていました。頭頂部の髪が血でぐっしょりと濡《ぬ》れています。その傍らにお地蔵さまが転がっていました。

　晶くん。

　なにがおこったのでしょう。ここで、なにがあったのでしょう。

　晶くん。

　わたしは晶くんをそっと抱上げました。身体はまだ柔らかく、でも、わたしの腕の中で晶くんの首がぐらりと揺れました。こほこほと音がして、血の混じった液が開いたまの口から零れて行きます。

晶くん。

なんで、なんで、こんなことに……。

晶くんのジャンパーのポケットから封筒が覗いていました。わたしが書いた手紙です。この手紙のせいで晶くんはここに来ました。

わたしが呼んだのです。

晶くんを抱きしめて、わたしは不思議な、名づけようもない感情を味わっていました。恐怖でも驚愕《きょうがく》でもない感情、むろん悔恨でもありません。喜悦に近いと言えば言えるのでしょうか。

晶くんと二人になれました。

願いが叶《かな》ったのです。

わたしは晶くんと二人きりでいる。ずっとずっと願ってきたことが、現実になったのです。

わたしは、晶くんが好きでした。

「晶くん……」

カツーン、カツーン

竹が鳴きました。

竹は揺れ、自ら稈《かん》をぶつけ合いながら吼《ほ》えます。

カツーン、カツーン
そして葉が、大量の竹の葉が降り注いできました。わたしの上に、晶くんの上に途切れることなく降り注いできます。

カツーン、カツーン
カツーン、カツーン
身をよじり、吼えながら、竹は葉を降らせます。吹雪です。竹の吹雪。わたしの視界はほとんど閉ざされてしまいました。

このまま、晶くんといっしょに埋まってしまったら……二人で、二人っきりで。

甘美な想いがしました。

晶くんと抱き合い、重なり合って、この穴の底に埋もれてしまう。二人で朽ちて、融《と》け、肉も血も混ざり合いやがて土に還《かえ》る。絡《から》み合った白い骨が残るだけだ。

甘美な想いに身体が火照《ほて》ります。自分の真ん中に蠟燭《ろうそく》が燃えているような、内側から焔《ほむら》に弄《もてあそば》れるような感覚……生まれて初めて味わう快感でした。今の夫を始め、何人かの男を知っています。けれど、これほどの快感を覚えたことは一度としてありませんでした。

しかし一瞬でした。身体を火照らせる快感は一瞬で消え、すぐに鮮明な恐怖がわたしを貫いたのです。

死にたくない。

死が怖い。まだ死にたくない。生きていたい。

いとも容易《たやす》く快感が凌駕《りょうが》されていきます。

助けてと叫ぼうとした口の中にも竹の葉が入ってきました。恐怖がさらに募ります。火花を散らします。嫌だ、怖い。死にたくない。ここで死にたくない。助けて、誰か助けて。

立ち上がり、逃げようとしたとき、晶くんの声が晶くんの呟《つぶや》きが晶くんの啜《すす》り泣きが聞こえたのです。

なるみ……成美。成美。

「晶くん」

成美、いかんといてくれ。

「晶くん」

おれを独りにせんといてくれ。

「晶くん」

竹の葉が降ってきます。絶えることはありません。穴に横たわっている晶くんはすでに半ば見えなくなっていました。わたしのふくらはぎも埋まろうとしています。もう直に動けなくなるでしょう。

カツーン、カツーン

カツーン、カツーン

身をよじり、吼えながら、竹は葉を降らせます。

「晶くん」

わたしは胸の前で、強く両手を握り締めます。

「迎えにくるけえ。いつか、迎えにくるけえ。だけん、今は堪忍《かんにん》してや。わたしを許してや」

成美……迎えに来てくれるか。

「くるけえ。約束するけえ。必ず迎えにくるけえ。晶くんが呼んだら、必ず、必ず……だけん、ごめんな。今はごめんな」

成美……迎えに来てくれるか。

カツーン、カツーン

カッーン、カッーン
竹が声をあげます。

葉が降り積もっていきます。

カッーン、カッーン
カッーン、カッーン
それは、晶くんを手に入れた歓喜の声でした。恐怖に駆られ逃出したわたしに浴びせかけられた哄笑《こうしょう》でもありました。

山は晶くんを自分のものにしたのです。

わたしは逃げました。

山からも、竹の音からも逃げました。

晶くんを置き去りにして、わたしは、逃げました。

どうやって家に帰りついたのか覚えていません。後で聞いた話だと、畑仕事から帰った母と父が、布団の中で半ば意識を失っているわたしを見つけ、病院に運んだのだそうです。

一週間入院し、退院後自宅療養さらに十日間。わたしがなんとか元通りの体力と暮

らしを快復できたとき、晶くんの捜索は行き詰まり、諦《あきら》めと疲労が関係者の間に漂っていました。そして、数日後、

地元の警察、消防団に有志の加わった捜索隊は、ついに晶くんを発見できぬまま活動を打ち切ってしまいました。

あきらぁぁぁぁ

晶くんのお母さんの、あの慟哭《どうこく》が今も聞こえてくるようです。

あきらぁぁぁぁぁ。

その年の冬、晶くんの家は引越していきました。葡萄《ぶどう》畑も煙草《たばこ》畑も田んぼも全《すべ》て売り払い、県庁所在地の都市へと一家で越していきました。離農は、前から決めていたのだと晶くんのお父さんは語ったそうです。晶のことが理由やない。前から決めていたんや。けど、けどな……山のないとこに行きたいて、こげん怖《おそ》ろしい山のないとこに住みたいて……そんな気持ちもあるこたぁ、ある。

送別の席で、湯飲みの酒をあおりながら繰り返し、繰り返し、誰にともなく語ったそうです。

おれはもう……こげん怖ろしい山のないとこに、住みたいて。

わたしは十五歳で故郷を出ました。隣市にある女子高で寄宿舎生活を始めたのです。

美沙ちゃんは同じ市の商業高校に進みました。確かデザイン科だったと思います。時々顔を合わせ、ハンバーガーを食べたりしました。美沙ちゃんは学園祭で知り合ったボーイフレンドと別れと付き合いを繰り返して、結局、二十五の歳《とし》にその人と結婚しました。今は三児の母親になっていると、その子どもさんたち三人の写真付きポストカードで知らせてくれました。

わたしも短大を出て、働き、結婚し、子を生みました。

もう三十も半ばです。父も母も亡《な》くなりました。

時が経《た》ち、季節が巡り、歳をとり、人は生まれ、亡くなります。

『大人になったわたし』

卒業文集に載せた作品の題名でした。美沙ちゃんの発案です。

『大人になったわたし』

わたしは、どんな作文を綴《つづ》ったでしょうか。覚えていません。美沙ちゃんは？　真《ま》世《よ》ちゃんは？　真一《しんいち》くんは？　敏文《としふみ》くんは？　今日子《きょうこ》ちゃんは確か美容師さんの絵を描いたはずです。正孝《まさたか》くんも絵でした。イルカの調教師。

みんな、十二歳のときに描いたとおりの大人になったでしょうか。まるで違う者になったのでしょうか……晶くんは、大人になれませんでした。晶くんだけが大人になれませんでした。

晶くんはまだ十二歳のまま、山に抱かれているのです。

地蔵は三体ともなくなっていた。穴もない。ただ、竹があるだけだ。密生し、折れ曲がり、裂け、枯れている。

「晶くん。どこね。どこにおるんね」

約束したから。迎えにくると約束したから。

成美はスコップを捨て眼前の竹に縋《すが》りつく。罪と約束をずっと抱えて生きてきた。忘れたことはなかったし、忘れることを許してはくれなかった。あの少年が、自分自身が、慟哭の声が、忘れることを許してはくれなかった。

水の匂《にお》いがする。ここは確かにわたしの故郷なのだ。水の匂いに満たされ、竹の音を聞き、緑の風にさらされて育った。ここで、晶くんに出会い、恋をし、晶くんを見捨てて逃げた。

罪も約束も重かった。ぎしぎしと背骨が軋《きし》むほど重かった。

わたしは、待っていたのだろうか。

竹に頬を押し付け囁《ささや》いてみる。

晶くんが呼んでくれるのを待っていたのだろうか。

罪を償える日を、重荷を下ろせる日を、ずっとずっと待ち望んでいたのだろうか。

成美。

少年の声がする。

竹がしなる。身《み》悶《もだ》えする。葉擦れの音が響く。

成美、おれはここにおるで。

引きずられるように見上げた視線の先に少年はいた。

「晶……くん」

まだ若い竹の先に頭蓋骨《ずがいこつ》がひっかかっている。ぽかりとあいた眼窩《がんか》を竹はくぐり、自分の獲物だと誇示するように高々と掲げている。

まだ少年の、少年のままの頭蓋骨。

奇妙なオブジェ。

「晶くん！」

成美、おれやっと出てこられた。ずっと、ずっと囚《とら》われていたんや。ずっと独りで、おったんや。

「ごめんね。ごめんね。晶くん……ごめんね」

手を伸ばす。
伸ばしても、伸ばしても、どんなに必死で伸ばしても届かない。
「返して！」
叫ぶ。喉《のど》がちぎれるほどに叫んでみる。
「ええでしょ。もう、ええでしょ。もう十分でしょ。晶くんを返して。わたしに返して」
カツーン、カツーン
カツーン、カツーン
竹が鳴き始めた。嗤《わら》い始めた。吼え始めた。
死に掛けているくせに、滅びかけているくせに、まだ、晶くんを放さないの。まだそうやって抱きかかえたまま、わたしに見せつけようとするの。
カツーン、カツーン
カツーン、カツーン
哄笑が響く。竹は身をよじり、身をひねり、笑い続けるのだ。笑いながら身をよじり、身をひねり、打ち合わせる。さらに高らかに笑い続ける。
少年の頭蓋骨をひっかけたまま、竹は右に揺れ、左に揺れる。

「やめて、もうやめて。これ以上、晶くんを弄《もてあそ》ばんといてな。やめて、やめてよ！」

成美、おれは帰りてぇ。家に帰りてぇ。

少年の手が伸びてくる。成美を求めて伸びてくる。

ここは嫌じゃ。ここに独りでおるのは、もう嫌じゃ。

「晶くん、わかってる。約束じゃけえ。連れて帰ってあげるけえな」

成美、成美、成美、成美。

少年が呼ぶ。成美を切なく希求する。

吐息がもれた。快感が身の内をうねる。ああ、こんなにも、こんなにもわたしは求められている。目眩《めまい》がするほどの快感に喘《あえ》いでしまう。

成美、成美、おれを……おれを……。

「わかっとうよ、晶くん。もうだれにも渡さんから。二度と、だれにも渡さんからよ」

笑っているがいい。勝ち誇っているがいい。わたしから晶くんを奪って、隠し、抱き続けた報いを受けるがいい。

成美はカバンからペットボトルをとりだした。ガソリンが入っている。

報いを受けるがいい。罪を償うがいい。

ガソリンを撒《ま》く。火を点《つ》ける。ブオッ。一瞬の内に炎が燃え上がる。その音を成美は小気味いいと感じた。

炎が燃え広がる。風が起こり、竹たちが枝を震わせ、葉を鳴らす。さっきまでの嗤《し》笑《しょう》とはちがう。怖れ慄《おのの》いているのだ。

成美は大きく口を開けた。熱風がまともに吹き付けてくる。炎が風を呼び、風が炎を煽《あお》る。竹が焼けていく青い臭《にお》いがする。

大きく口を開け、あはあはあはと笑っていた。

おかしい。

竹の慌《あわ》てふためく様が、火に炙《あぶ》られて悶える様がおかしい。

やっと気がついたか。これは火刑だ。わたしから、晶くんを奪い取った罰なのだ。

あはあはあは、あはあはあは。

わたしは笑っている。おまえたちはもう笑えないだろう。鳴くこともできないだろう。

あはあはあは、あはあはあは、

おかしい、ああ、おかしい。燃えてしまえ、燃えてしまえ。炎の中で破裂し、燃え尽きてしまえ。

成美、成美……。

頭蓋骨が足元に転がった。

「晶くん」

抱上げる。

「晶くん、やっと二人になれたねえ」

抱きしめる。

成美、おれはもう独りはいやじゃ。

「わかっとるよ。わかっとるよ。もう二度と晶くんを独りになんぞ、するもんかね」

破裂音がした。竹の断末魔の声だ。

「晶くん、帰ろうな。わたしといっしょに帰ろうな」

ザザザザザ。燃えながら一本の竹が倒れかかってくる。成美の肩を直撃してくる。

炎の中にもんどりうって、倒れこんでいた。

髪が焼ける。顔が焼ける。耳朶《じだ》が焼けて、縮んでいく。自分の肉体が焦《こ》げる臭いを、
成美は確かに嗅《か》いだ。

それでも、放さない。

晶くんを二度と放さない。

晶くん、二人きりだね。

あはあは、あはあはあは。あはあは……。

もう笑えない。舌が焼けてしまった。

晶くん……二人きりだね……。


ママ。

楓の顔が浮かびました。

ママ、行ってらっしゃい。

そう言って手を振ったときの顔です。少し興奮していたようですが、寂しそうでも哀《かな》しそうでもありませんでした。

引っ込み思案で、気弱で、お友だちを作るのが下手で、これから先、どうなるのかしら。上手《うま》くクラスに馴染《なじ》めるかしら……入学前から、そんな心配ばかりをしていましたが、どうやら、楓なりに克服していけるようです。晴香ちゃんがいてくれて、ほんとうによかった。ありがとうね、晴香ちゃん。

来月は水族館に遠足があるのですよ。イルカのショーを見るんだって楓はとても楽しみにしています。そういえば、わたしの小学校の卒業文集に、将来はイルカの調教師になりたいって、イルカの絵を描いた子がいたけど……誰だったでしょうか。

遠足の日は、がんばって、すてきなお弁当を用意してやるつもりです。女の子どうしって、そういうところとても敏感なんだそうです。また、井伏さんに、相談してみましょう。そういえば、修介さんの夏のスーツも一着、新調しなければなりません。ネクタイだって必要だろうしねえ。やれやれ、今月は何かと物入りなようです。

ママ。

楓、ママはね……。

安心タクシー乗務員の門田次郎《かどたじろう》は車を止め、腕時計で時間を確認した。十五分も早く着いてしまったようだ。

人の気配はしなかった。

ここが故郷だと言うてたな。

地味だけれど美しい顔立ちの女性客のことを考える。

故郷がこんなになっちゃ、やっぱ寂しいもんじゃろの。

胸ポケットから煙草《たばこ》を出そうとして、苦笑する。一月ほど前から禁煙しているのだ。まだ慣れていなくて、つい、ここに手が伸びる。

早う帰ってきなさるとええのに。

もう暮れかけている。山から徐々に闇《やみ》がおりてくる。直にこのあたりも暗闇に閉ざされる。悪路なだけに、明るいうちに駅近くまで帰った方が無難だ。あの客は、その辺のところをちゃんと理解してくれているだろうか。

早う帰ってきなされよ。

カツーン、カツーン、カツーン

竹の音が聞こえた。竹林の方だけ強い風が吹いているのだろうか。

空を見上げ、次郎はもう一度、

早う帰ってきなされよ。

呟《つぶや》いてみた。どこかで気の早い梟《ふくろう》が鳴いたような気がした。空耳だったかもしれない。

# 参の壱

恭平《きょうへい》は学校から帰ると、食パンを牛乳で流し込んだ。本日のランチ、これで終了。

よし、行くぞ。

釣竿《つりざお》を摑《つか》んで、家を飛び出す。

「恭平、まちんさい」

畑仕事から帰ってきたのだろう。やや甲高くなっている母の声が追いかけてくる。

もちろん、立ち止まったりしない。

「恭平、成績表は」

「カバンの中」

そう答えたとき、すでに自転車に飛び乗っていた。今日は終業式。明日から、夏休みが始まるのだ。最高じゃないか。もしかしたら、一年で一番の日、正月よりクリスマスより最高の日かもしれない。

母親のお小言など聞いている暇はない。

卓也《たくや》と輝樹《てるき》をさそって文蔵《ぶんぞう》池に釣りに行くのだ。そのまま、卓也の家に泊まってもいい。その昔、庄屋だったという卓也の家は古いけれど部屋数だけはたくさんある。数えきれないほどだ。恭平たちが泊り込んでも気にする家人などいなかった。

うん、それがいい。そうしよう。

文蔵池で釣りをして、もしヒキが悪いようなら川へ泳ぎにいけばいい。それから、卓也の家に泊まりに行って、三人でゲームをしよう。漫画もある。花火も持っていこう。それに、それに……ちょっと聞きたいこともある。奈那子《ななこ》のことだ。卓也、おまえな、奈那子のことどう思うてる？　さらっと聞けたらいいんだけど……な。まっ、それはいいか。

あーっ、わくわくする。小学校最後の夏休みが始まった。思いっきり遊ばなくちゃ。楽しまなきゃ、な。

ペダルをこぐ足が軽い。心が弾む。

永遠という言葉が信じられた。自分の前には永遠に等しい時間が用意されている。

理屈ではなく、感情が約束する。

おまえは永遠を掴んでいるのだ。

空を見上げる。夏空だ。ぎらつき、青く、猛々《たけだけ》しい。入道雲がわいていた。日に晒《さら》され続けた土の、焦《こ》げる匂《にお》いがする。草いきれもする。甲虫《こうちゅう》の金属臭に似た匂いもする。夏ほど、多種多様な匂いが立ち上り、混ざり合う季節はない。

暑い。

日差しに射られるようだ。無数の透明な矢が身体《からだ》を貫いていくようだ。暑い。

恭平はもう一度顔を天に向け、今度は雲を見上げた。見事な積乱雲だ。

一雨くれば涼しくなるだろうけど。

かぶりを振る。だめだ、だめだ。

釣りが終るまで待っててくれ。

涼しさよりも、魚を釣り上げる感触の方が数倍、楽しい。

「ほんまに釣りばっかかして。何がおもしろいの、そんなもの」

母は文句ばかり言うけれど、この楽しさを知らないなんてかわいそうだ。人生、だいぶ損をしていると思う。へへへ。

「キョーヘイ」

卓也と輝樹が手を振っている。卓也はひょろひょろと背の高いやせっぽちだし、輝樹は真ん丸く太っている。二人が並んでいると妙におかしい。いつ見ても、笑えてしまう。

それにしても早いな、二人とも。エンジン全開かよ。よっしゃあ、おれも！

エンジン全開。パワーアップ。

永遠という言葉を信じていた。ぼくたちは永遠を生きるのだと、信じていた。夏はいつだって、ぼくたちを幻覚に陥《おとしい》れる。あの日差しのせいなのか、あの暑気のせいなのか、あの眩《まばゆ》い光のせいなのか、ぼくたちはいとも容易《たやす》く幻を信じてしまった。夏を愛してしまった。

夏は他のどの季節より、春より秋より凍《い》てつく冬より、残酷で怖《おそ》ろしい一季であったのに。

「輝樹が死んだ」

携帯電話を通じて、低い声が告げた。

「は？」

「輝樹が死んだんだ……恭平」

携帯を握り締める。汗が滲《にじ》み、手のひらが濡《ぬ》れていく。

「輝樹が……どういうことだ？」

「おまえ、ニュースとか見んのんかい」

故郷の訛《なまり》を滲ませて、藤堂《とうどう》卓也が囁《ささや》く。地元の高校で数学の教鞭《きょうべん》を執っている卓也は、その職種のせいではないだろうが、抑揚のないのっぺりとした話し方をする。しかし、さすがに今は、語尾が震え、不鮮明に消えていく。

「恭平、輝樹が死んだんじゃ」

「事故か？」

「ちがう」

「じゃ、なんや。ニュースって何のことじゃ」

叫んでいた。相手の要領を得ない話し振りに苛立《いらだ》つより、恐怖を覚えていた。いやな汗が、腋《わき》にも股間《こかん》にも背中にも滲み出ようとしている。ほどよく冷房の効いた室内にいるのに、シャツがべたりと張り付いてくる。

「自分で……死んだ」

「自殺か」

「そうや。しかも焼身自殺や。自分で自分に灯油かけてよ……火をつけよった」

「なしてな」

さっきより声を大きくして叫んでいた。幸い、仕事場には恭平一人しかいない。どのような声を出しても咎《とが》める者も、訝《いぶか》しむ者もいないのだ。

「なして、輝樹がそんなことを」

「わからん。こっちは、えらい騒ぎや。全国版のニュースにもなった。今朝の新聞にも出とる。小さい記事やけどな」

卓也がため息をつく。その息が耳朶《じだ》に触れたような気がした。軽い目眩《めまい》がした。明るい灰色と白を基調においた室内が一瞬、薄暗くなる。そのまま奈落《ならく》に引き込まれそうな感覚に、恭平は呻《うめ》いていた。

「恭平」

卓也が呼ぶ。

「どうした？　だいじょうぶか？　恭平」

「卓也……おまえ見たのか？」

輝樹をか？　と、卓也は問い返さなかった。

「見た」

短く答えただけだった。

「灯油かぶって……焼けていくとこ、見たのか？」

「いや、まさか。それは、きついでな。連絡あって、飛んで行った。警察に遺体を持っていかれる直前やった。だから……おれ、見たよ。あいつ、真っ黒やった。ほんま、人間ってあんなに焦げちまうんだな。おれ、もう一生、焼き魚なんて食えん。なあ恭平」

「あぁ……」

「おれたち、よう輝樹のこと、からこうたよな。おまえみたいに太ってたら、さぞよう燃えるやろなって。脂《あぶら》がいっぱいやから、火に近づくなって……からこうたよな」

「あぁ……」

「あいつ、からかわれると怒って、でもすぐ……にやっと笑うて、言うてたよな。覚えてるか？」

「覚えてる。おれはデブやけど、身体むちゃくちゃ柔らかいんやでって。ほんまにそうやったな。全開脚とかY字バランスとかひょいとできて、おまえらにできるんかって、得意になってた」

「そうや。そのとおりや……恭平、あいつ、ほんまに燃えてしまいよった。信じられへん」

嗚咽《おえつ》が聞こえてくる。耳にねじ込まれてくる。脳の隅に突き刺さる。ぎりぎりと痛い。

輝樹が死んだ。

輝樹が燃えた。自分を燃やした。

「遺書は？」

かろうじて声を絞り出す。汗でしとどに身体は濡れ、重い。

「まだ……見つからんようや。何かを気に病んでいたようすもないて……抗議の自死でもない……理由がわからんて……けど、けどな、恭平。輝樹、ぼそっと言うたこと、あるんや。いっしょに呑《の》んだとき。ほんまぼそっと……」

「なにをや？」

「夢を見るて」

「夢を」

沈黙があった。やはり痛みを覚える。脳に沈黙が刺さってくるのだ。何の夢だと尋ねられない。尋ねなくても、わかっている。

「黄色い蝶《ちょう》の……」

息を呑み込む音がする。恭平から、遠く離れた場所で卓也は顔を歪《ゆが》め、苦しげに息を呑み込んだのだろう。

おれも同じ、顔をしている。きっと。

「黄色い蝶の夢をみるんだって」


文蔵池での釣りはさんざんだった。一匹も釣れないのだ。

「こういうこと、あるんかな」

輝樹が首をかしげる。丸くもりあがった頬に、幾筋もの汗が伝っている。輝樹は肥満児だ。このままでは小学生で成人病患者だと医者から指摘され、ただいま、過酷なダイエット中。

ご飯やパンやうどんにからあげといった、輝樹の大好物のほとんどを制限されていた。

だから、恭平も卓也も輝樹の前で何も食べないようにしている。四六時中いっしょにいるから、自然、おやつの回数も量も減った。そうすると皮肉なことに、恭平と卓也の方が瘦《や》せてしまったのだ。

「やってられねえな、まったく。おれの立場、どうよ」

なんて、輝樹は唇を尖《とが》らせたけれど、努力のかいあってこのところ、少しずつ体重は下降ぎみだとか。

太りすぎの輝樹の竿《さお》にも、痩せすぎの卓也の竿にも、体重も身長も標準値内の恭平の竿にも、一匹の魚もかからなかった。釣れないことはよくあったけれど、三人ともまるでだめというのは珍しい。

「こりゃあ、今日はだめやな」

卓也がため息をついた。ため息をつくのは、卓也の癖なのだ。

「止《や》めるか」

恭平は潔《いさぎよ》く、竿をしまい込んだ。こういう日はじたばたしない方がいい。覚悟を決めてじっくり待つか、あっさり引き下がるかだ。

恭平は、あっさり引き下がるほうを選んだ。その方が性にあっている。それに、夏休みの始まる一日前。最高の日を、無駄にしたくない思いもあった。遊びは他にいくらでもある。「だな。止めるか」卓也も釣り糸を引く。輝樹はまだ未練がありそうだったが、恭平や卓也がさっさと片付け始めたのを見て、しかたないかというふうに、肩をすくめた。

あのとき……。

恭平は考えることがあった。

あのとき釣りをやめなければ、あのまま文蔵池にいたら、おれたちの運命は変わっていたのだろうか、と。

夏は惨《むご》い。惨い季節なのだ。残酷で怖ろしい。ぼくたちは誰一人、そのことに気づいてはいなかった。

土の香、甲虫の匂い、草いきれ。夏の生み出す様々な匂いの中に、死臭もまた、混じっていたのだ。

人が腐っていく。あのときの臭《にお》いが。

ぼくたちは、まだ気づいていなかった。

参の弐

輝樹の葬式は静かだった。

しめやかとは、微妙に違う。

参列した誰もが、物音をたてることに極度に神経を遣っている……そんな感じがした。

読経《どきょう》の音吐《おんと》さえ密《ひそ》やかで、低く、最前列に座っていなければ聞き取れなかっただろう。聞き取る必要もないだろうが。

外は雨だった。斎場は夏の雨に閉ざされている。だからだろうか、人の声も嘆息も他の物音もたっぷりと湿気を吸い込み、重さに耐えかねて沈んで行くような陰鬱《いんうつ》さが漂っている。

遺影だけが笑っていた。

屈託のない笑みを浮かべていた。

輝樹の笑顔だった。

子ども時代と同じように、頬に肉のついた丸顔が白い歯を見せている。後ろに海の風景が広がっているから、どこか旅行先で撮った一枚だろう。この町のどこにも海はないのだ。

あいつ、泳げたっけ……。

恭平は白い百合《ゆり》と菊に囲まれた輝樹の柩《ひつぎ》を見つめていた。柩はすでに封じられている。扉を開いて死者に別れを告げることはできない。固く閉じられたままだ。

「惨いこっちゃ」

恭平の後ろで誰かが吐息とともにささやいた。

「ほんま、惨いこっちゃ」

惨いという一言が、輝樹の死に様を指しているのか、最後の別れさえ許されない状況を嘆いているのかと考え、恭平は軽くかぶりを振っていた。どちらでも同じだ。

灯油をかぶり、火をつけ、自らの肉体を自らの手で焼き払った男の葬儀だ。

哀悼よりも、落胆よりも、惨いという一言が相応《ふさわ》しい。

輝樹の家、箱崎《はこざき》家はこの辺りでは名の知れた資産家だった。輝樹の曾祖父《そうそふ》、祖父と二代に渡り蓄財の才に恵まれ、運にも恵まれ、もともと小規模の材木商にすぎなかった箱崎の資産を数億円とうわさされるまでに膨れ上がらせたのだ。輝樹の父も、派手さも才の煌《きら》めきも先々代、先代と比すればまるで劣ると陰口をたたかれながら三代目の浮わつきのまったくない人物で、堅実に事業を守り続けていた。輝樹には二人の兄がいたから、輝樹自身が父から事業の全《すべ》てを受け継ぐことはなかった。その意思もなかったはずだ。

輝樹は昔からよく言えば人の良い、悪く言えば甘っちょろい典型的なおぼっちゃん気質で、組織を束ねたり、他人の上に君臨するなどまるで不得手な、不釣合いな男だった。

兄たちが都市部に本社と暮らしの拠点を移した後も、この町に留《とど》まり、祖父の建てた大きな屋敷に両親と共に住み続けていた。ついに結婚しないままだった。

「おれ……あの町が好きやからね」

輝樹がそう呟《つぶや》いたのは、いつのことだったか。そう昔のことではない。

仕事で上京したという輝樹と二人、恭平の仕事場近くの小さなバーで飲んだ、あの夜のことだ。

「不便やし、年々人口も減って、寂れていくのが目に見えるような町やけど、やっぱ故郷やしな。やっぱ好きやでな」

「そうか……」

水割りのグラスを目の前にかざし、恭平は微《かす》かに息を吐いた。

「恭平は、嫌いか？」

輝樹もグラスをかざす。ほとんど空になっていた。輝樹の酒豪ぶりはなかなかのものだった。それほどアルコールに強くない恭平の三倍の速さで飲んでいる。

「好きとか嫌いとかあんまし、考えたことないな。おれ、こっちに出てきた人間やし、もう、あの町に帰ることもないと思うし」

「やっぱ、嫌いなんじゃな」

「そういうのじゃねえったら。まぁ、でも……未練はないっちゅうか、親も死んでしもうたし、身寄りのないとこに帰ってもって気ぃはしとるよね」

「けど」

「うん？」

「訛《なまり》がもどっとるがね。恭平の話し振り、ちっともかわってねえ」

頬の肉をおしあげて、輝樹が笑う。それこそ、遠い昔とちっとも変わらぬ笑顔だった。

「輝樹」

「なんじゃ」

「おまえ、怖ぇことないんか……」

「え？」

グラスを力いっぱい摑《つか》み、褐色の液体を一気に流し込む。喉《のど》にからまり、無様に咳《せ》きこんでしまった。

「恭平……怖いって……」

「あの町は山に囲まれとる。おまえ、山が怖ぇことないんか」

呟きこんだせいなのか、声が掠《かす》れる。

そうだ、掠れているのも、震えているのも、咳きこんだからだ。水割りのせいなんだ。

　輝樹の黒目がうろうろと動いた。喉仏が上下する。

「黄色い蝶が」

　掠れ声のまま、恭平は呟いた。

「まだ、見える気がする……、目の前で、あの男が揺れてて……」

「恭平！」

　輝樹の表情がひきつった。

「止めぇ。もう、昔のことやないか。大昔のことや。あのとき、おれらはまだガキだったじゃねえか」

「ああ……確かにガキだった。まだ小六じゃったもんな。けど、ガキでも……いくらガキでも忘れられんことは忘れられんさ。おれら、あれを見てしもうた。あれに会《お》うてしもうた。一生、忘れることなんて、できん」

「恭平」

　輝樹の顔がさらに歪む。

　そうか……。

　恭平は輝樹の目を見据えた。瞳《ひとみ》に怯《おび》えが浮かんでいる。

「そうか、おまえも忘れてなかったんだな。そうだよな、あれを忘れることなんて……できんよな」

額に汗をにじませて、輝樹が黙り込んだ。

あれはいつの夜だったんだろう。雨が降っていたのは覚えている。止むでなく、強まるでなく雨は次の日の朝まで、降り続いていたのではなかったか。

あの雨の夜が面と向かって……お互いの顔をちらちらと見やりながら、相手の息遣いまで感じながら、言葉を交わした最後になった……いやちがう、あれからも何度か輝樹に会ったはずだ。輝樹が上京してくる度に酒をのんだ、そして最後はどうしても、どうしてもあの夏へと心が行きついてしまった……。

一息、線香と花の香の混じる空気を吸い込み、恭平は瞑目《めいもく》した。

輝樹。

棺の中に横たわる男に語りかける。

輝樹……苦しかったか。熱かったか。生きながら燃えるって……燃えるときにはもう、狂っているのか……輝樹、おれは……。

すすり泣きが聞こえた。輝樹の母親のものだろうか。女の細いすすり泣きは乱れもせず鎮《しず》まりもせず、読経に和すように続いていく。

恭平。

名前を呼ばれた。目を開ける。反射的に隣に座る卓也に目をやった。眼鏡をかけた横顔の頬がこけている。目の下の隈《くま》が目立った。

眼鏡のレンズ越しにまぶたがひくっと動く。何かに驚いたように、卓也は大きく目を見張った。息を吸い込み、恭平に顔を向ける。

おまえにも聞こえたのか？

言葉にはせず問いかけてみる。しかし、卓也は視線を戻し、うなだれ、再び目を閉じた。

恭平。

微かな声が響いてくる。頭の中に響いてくる。

前を向く。祭壇を凝視する。海を背景に大人の輝樹が笑っている。

輝樹。おまえ……おるんか？　ここに、おるんかよ？

恭平……おれは……おれはな……。

ふいに読経が高くなる。そのタイミングを待っていたわけではないだろうが、あちこちですすり泣きがおこった。

焼香の順番がまわってきた。立ち上がる。卓也もほぼ同時に腰をあげた。二人並んで、祭壇の前で手を合わす。恭平はそのときになって、自分の指先が震えていることに気がついた。握った数珠《じゅず》も震える。

「恭平」

卓也に名前を呼ばれた。今度は確かに現《うつつ》の声だった。

「だいじょうぶか？」

「ああ……すまん」

「顔色が悪いぞ。ほんまに、だいじょうぶなんか」

おまえ、やけに冷静なんだな。

そう言いかけて口をつぐんだ。卓也は今でも、恭平よりやや上背があった。子どものときの差がそのまま今の背丈の差になっているようだ。

卓也を見上げる。視線が合わさった。

卓也は眼鏡をおしあげ、喪服の胸の上で、固くこぶしをつくった。

あ、昔のまんまだ。

昔のままの仕草だった。驚いたとき、決意したとき、泣きそうになったとき、ひどく怒ったとき、嬉《うれ》しかったとき……感情が強く動くとき、胸の上でこぶしを握る。卓也の昔からの癖だった。輝樹、恭平、卓也、三人の中で一番冷静で温和な卓也はめったに情動を表さない。激昂《げきこう》することも大声を出すこともなかった。しかし、いや、だからこそ卓也の胸でこぶしが握られると、恭平も輝樹も少し緊張した。しゃべっていた口を閉じ、顔を見合わせたりした。

表情にも声音にも滲《にじ》み出てはこないけれど、卓也の内側で激しいものが蠢《うごめ》いている。その証《あかし》のこぶしなのだ。

卓也もまた突き上がる感情に耐えている。

悲しみか、憤《いきどお》りか、戸惑いか、それとも恐怖なのか、卓也の奥底から突き上げてくるものがなんなのか、恭平には容易に解《げ》せるようにも、まるで見当がつかないようにも思えた。

献花台に花を供え、手を合わせた。震えはもう、収まっていた。

か細いすすり泣きが続いている。女のすすり泣きだ。晩秋の虫の音に似ている。とても、似ている。

釣りを止《や》めたからといって、家に帰ろうなんて言い出す者はいなかった。

「うーん、ここ、涼しゅうてええなあ」

輝樹が桜の樹《き》の根元に寝転ぶ。桜は大樹で、地に涼やかな木陰を作っていた。そこに腰をおろすと、風が吹き抜けていくのが肌で感じられた。

明日から夏休みだ。

もしかしたら、たぶん、絶対に、一年の中で最高の一日だ。クリスマスより、正月より、ずっとずっとすばらしい日だ。ゆっくり楽しまなくっちゃ。とびっきりのご馳《ち》走《そう》を味わうように、ゆっくりゆっくり味わわなくっちゃ。

とびっきりのご馳走って、なんだろうな。カレー、オムライス、親子丼《どん》、トンカツ、すき焼き、お鮨《すし》、それも玉子焼きと鰻《うなぎ》の入った豪華太巻き鮨……うーん、やっぱ、今日は最高だ。カレーより、すき焼きより、豪華太巻き鮨より、どんなご馳走より今日の方が最高だぞ。最高にいい。

「恭平」

樹の幹にもたれていた卓也が瞬《まばた》きしながら、こちらを見ていた。

「なん、にやついとんじゃ？」

「え？　おれ、笑うとったか？」

卓也のかわりに輝樹が身を起こし、指をぐるぐると回した。

「おおよ。恭平、にやにやしとったぞ。キモチワルゥ〜」

「だってよ」

恭平は思いっきり唇を尖《とが》らせてみた。

「明日から夏休みやぞ。おまえら嬉しゅうないんか？　わくわくせんのんか？」

「するさ」

卓也がくすりと小さな笑いをもらした。まだ小学生だったけれど、卓也は少しも不自然でなく大人と同じ笑い方ができた。大人と同じようにため息をつくこともできた。

「明日から夏休み。クリスマスより正月よりわくわくする」

あっ、おれと同じだ。

思わず親指を立てていた。卓也も両手の親指を立てて応《こた》える。それだけのことが、楽しい。

「だからなぁ」

輝樹が傍らに置いた釣竿《つりざお》を軽く足で蹴《け》った。

「夏休みの前じゃから、ようけ釣りたかったのになあ。どんどん釣って、ほんまにわくわくしたかったのになぁ。えっと、ほら、なんていうかな。楽しいことの前に、いろいろやって……おとうちゃんたちがようやるやつで」

輝樹の話はまるで要領をえない。意味がわからなくて恭平は首をかしげたけれど、卓也は理解できたらしい。

大人のような笑みを浮かべたまま、

「前祝いのことか」

と言った。輝樹が指を鳴らす。打楽器に似たいい音が響いた。指を鳴らすのは、輝樹の特技だった。どんなに練習しても、輝樹のように高らかな音を出せない。

「そう、それ前祝い」

言葉が見つかると安堵《あんど》する。自分の言いたいことが相手にちゃんと伝わる安心感に輝樹の顔がほころんだ。

「前祝い、前祝い。せっかくの夏休みじゃけえね、ばーんとおもしろい前祝いがしたかったのにな。一匹も釣れんじゃ、つまらんわ」

輝樹がもう一度、竿をける。竿に八つ当たりをしているみたいだ。輝樹の竿は最新の素材を使った高価なものだった。卓也や恭平の物の三倍はするはずだ。

「あーぁっ、なんか前祝いになるようなこと、ねえかなあ」

輝樹が天を仰ぐ。つられて恭平も視線を上に向けた。葉を茂らせた桜の枝が頭上の空を半ば覆《おお》っていた。灰色の雲がゆっくりと流れている。

輝樹の口がふわりと開いて、あくびがもれた。

「恭平、なんかおもろいこと思いつかんか？」

「おれに言われてもなあ」

「おまえ、頭ええじゃねえか」

「頭ええから思いつくわけやないし」

「そうかあ。おれ、いっつも親に言われとるし。恭平も卓也もよう勉強できるの、見習えって」

「だから勉強と思いつくのは違うことで」

ふいに、頭の中に閃光《せんこう》が走った。

ほんとうにそんな感じだった。

閃《ひらめ》きが光になって真《ま》っ直《す》ぐに過《よ》ぎったのだ。

「なっ、山に行ってみんかや」

恭平は身を乗り出して、卓也と輝樹の顔を交互に見やった。

「山へ？」

卓也が眉《まゆ》をよせる。

「この暑いのに、山に行くんか？」

「山は涼しいや」

その通りだった。真夏でも山には冷気が溜《た》まっている。木々の間から冷気は立ち上り、山の斜面を這《は》ってくる。それは、クーラーの棘《とげ》のある冷えではなく、肌の上を滑り、汗と熱だけを拭《ぬぐ》い去っていく柔らかな冷気だった。

「山になにしに行くんね？」

輝樹もまた身を乗り出してきた。

「まさか、涼みにじゃなかろうがよ？」

「当たり前じゃ」

ここで、にやりと笑ってみせる。わざと大きく唇をめくって、怪しげな笑みを浮かべるのだ。卓也と輝樹は顔を見合わせ、ほとんど同時に首をかしげた。二人とも恭平の笑みに心そそられたらしい。

「恭平、山になにしに行くんね？」

輝樹が同じ質問を繰り返す。恭平は同じ怪しげな笑みをうかべる。

「氏鞍《うじくら》さんを捜しに行こう」

輝樹の唇がもぞりと動いた。何かを嗅《か》ぐように鼻の孔《あな》が膨らむ。

「氏鞍さんて……あの、おっさんをか？」

「そう。捜しに行こうぜ」

氏鞍さんかと呟《つぶや》いたのは卓也だった。

「そういえばまだ、見つかっていないんだよなぁ……」

氏鞍さんというのは卓也の家の近くに住んでいた独居の老人だった。数年前、ふらりとこの町にやってきた。いや帰ってきたという方が正しいだろう。氏鞍欣一《きんいち》はもともとこの町の住人だったのだ。

氏鞍家は、輝樹の家、箱崎家と肩を並べるほどの旧家、豪農であったけれど、箱崎とは対照的に人材に恵まれず、時代の波にのれず、戦後、零落《れいらく》してしまった家であった。そしてついに夜逃げ同然に町を去っていったのだ。

そのまま屋敷は放置され、放置された建物が辿《たど》る運命を忠実に辿っていく。庭は荒れ、土塀が崩れ、建物自体が傾《かし》ぐ。傾いだまま、伸び放題の草や雑木に覆われていくのだ。昔日《せきじつ》の繁栄を留めて、豪邸と呼ぶに相応《ふさわ》しいほどの建物だからよけいに、崩れていく惨《みじ》めさ、醜さを浮き立たせてしまう。

白亜の外観をもつ箱崎の屋敷との差があまりに極端で「箱崎は天国、氏鞍は地獄を選んでしもうたの」と人々は口の端《は》にのぼせて、うなずき、ときに冷ややかに笑ったりしたものだ。

もっとも恭平たちからすれば、生まれるずっと以前のことではあるし、旧家とか豪農とか零落などという単語は月面旅行や海底探検よりもさらに遠いものに過ぎない。

まるで関心などなかった。

小学校にあがるころには、子どもたちの間では氏鞍の家ではなく、氏鞍お化け屋敷が通り名になっていて、ときどき肝試しに使ったりしていた。

そのお化け屋敷に、夜逃げした当主、欣一が舞い戻ってきたのだ。独りだった。出て行くときは、同い年の妻や当時中学生だった娘、老いた両親もいっしょだったけれど、帰ってきたのは欣一独りだけだった。欣一は独りだけ故郷に帰ってきて、崩れはて、荒れ果てた屋敷で暮し始めたのだ。

なぜ独りなのか、妻とは別れたのか、老いた両親はすでに亡《な》くなったのか、一人娘はどうしたのか、今までどこで何をしていたのか、欣一は誰にも告げなかった。独りで、ただ独りで、自分が生まれ育ち、今は見る影もなく荒れ果てた屋敷に帰ってきたのだ。

裏手に山を背負っていたから生い茂った緑に屋敷は半ばのみこまれ、半ば食い尽くされているとも見えた。むろん、電気も水道もガスもない。欣一が仕事をしているふうもなかった。庭の一隅を耕し、畑にしているだけだった。

そんな場所に一日の大半を閉じこもってすごす男を人々はいぶかしんだし、気味悪がった。

欣一が舞い戻ってきた年の冬、輝樹の祖母が庭で転び頭を強打したことが原因で亡くなった。それが、さらに人々の中傷めいた陰口に拍車をかける。

「氏鞍が呪《のろ》ったんじゃないんか」

「おおよ、箱崎を妬《ねた》んで毎夜、呪うとるってことやで」

「頭がいかれてしもうてるんや」

「頭が？」

「決まってるやないの。あんなとこに独り住んで、まともでおれるわけがないやろ」

「そりゃ、そうやね。うわぁ、嫌やなあ。気持ち悪い」

まことしやかにうわさが醸成される。抜け殻同然の旧家の名を糧《かて》に、尊大きわまりなかった氏鞍の人々の過去も仇《あだ》となり誰もが、ますます欣一を胡散臭《うさんくさ》がり、遠ざけていった。

その欣一の姿が消えたのは、この地方が梅雨に入る直前のころだった。ふっと、かき消すようにいなくなったのだ。

欣一と最後に口をきいたのは、卓也だった。

氏鞍の家の前で自転車ごと転び脛《すね》をすりむいた卓也の傷を欣一が手当してくれたのだ。

「自分で作った薬やいうて、どろっとした黒い汁をつけてくれた。そしたら、すっと痛いのが治まった」

恭平にせがまれて、そのときのことを話し始めたけれど、卓也の口調は珍しく歯切れが悪かった。

「おれ、ありがとうってお礼言うたんや。そしたら、氏鞍さん、笑うて……そいで……急に立ち上がって。『うらぁ、もう疲れた』って……」

「疲れたって言うたんか？」

「うん……疲れたって……それから、ぶつぶつ口の中で言うてから、そのまま……」

「ぶつぶつって何を言うたんか、卓也には聞こえんかったんか？」

「うん、聞こえんかった、ほんまにぶつぶつで……あ、けど……」

「けど？」

「確か……あの、『山に呼ばれてしもうた』って言うたような気がする。うん、そう聞こえた」

「山に……か」

「山に、だ」

卓也の言葉を裏付けるように、その日の夕暮れどき、山裾《やますそ》の小道を歩く欣一の姿を帰宅中の農協の職員が目にしていた。

その職員も、息子から氏鞍のおっさんの様子が妙だったと告げられた卓也の母親も、いっこうに気に留めなかった。欣一のことを気に留める者など、この町にはほとんどいなかったのだ。

独居老人を定期的に訪問している福祉関係の担当者によって、欣一の消息の不明、長期の不在が発覚したあとも、それほどの騒ぎとはならなかった。

「ふらっと帰ってきたんじゃ、ふらっと消えてもおかしゅうないやないか」

「あの人、得体の知れん者になっとったから。言うちゃ悪いけど、おらんようなってくれて、ほっとしたとこ、あるね」

一度、自分たちの価値観や常識や生活感覚の範疇《はんちゅう》から零《こぼ》れた者に対して、人々の眼《まな》差《ざ》しは冷たくそっけなかった。

一応、山を中心に捜索はされたけれど、おざなりだった。結局、行方不明者として氏鞍欣一は処理され、この件はすでに人々の記憶から褪《あ》せようとしている。

その男を捜しに行こうと恭平は言い出したのだ。

「捜すって、どこを捜すよ。山は広いぞ」

卓也が周りを見ろとでも言うように、腕をぐるりと回した。

「そうよ。山に入ってうろうろしとったら、おれたちまで行方不明になってまうぞ」

輝樹がわざとらしく肩をすくめる。少し怯《おび》えているのだ。心に怯えがあるとき、輝樹の仕草はおかしいほど芝居じみてくる。少年であったときも、大人になってからも……そうだった。

「おれな、思うんじゃけど」

と、恭平は声をひそめる。ひそめた声を聞き取ろうと卓也と輝樹が前のめりになる。

「幽霊屋敷の裏山が怪しいと思うんじゃ」

卓也が顎《あご》を引く。

「裏山？　氏鞍さん家《ち》の裏の……」

「うん。あそこ、誰も捜してないやろ。ちょっと怪しくねえか」

そこは雑木が鬱蒼《うっそう》と茂る森だった。もともとは氏鞍の所有する山林の一部となる。滞納していた税金のかわりに、町が譲り受けたのだが山菜が採れるわけでも、茸《きのこ》が出るわけでもない、植林するにも不都合な、つまり、まるで資産価値のない森に僅《わず》かの魅力もなく、そのまま捨て置かれている場所だ。むろん、わざわざ分け入る者などいない。山菜にしろ茸にしろ、豊かな恵みを与えてくれる山々は幾らもあるのだ。農協職員が欣一を目撃したという北方の山もそんな山の一つだ。

情報をもとに、探索は北方の山を中心に行われた。

「卓也の話やと、氏鞍さん『山に呼ばれてしもうた』って言うたんよな」

「うん。間違いない……と思う」

「そういうの、やっぱ近くの山に行くんとちがうか。裏山はもともと氏鞍のもんだったし、死ぬんやったらそこで」

「氏鞍のおっさん、死んでるんか」

輝樹の顔が歪《ゆが》んだ。

「どっかに行ってしもうただけやないのか。死んでるなんて決めつけんほうが……」

「死んでるに決まってる」

恭平はもたもたとしゃべる輝樹を語調と仕草で遮《さえぎ》った。

「山に呼ばれたて言うたんやぞ。山に呼ばれた者が生きとるわけがねえや」

「だっ、だって……それって、それは……」

輝樹はごくごくと続けて息を吸い込んだ。酸素が足らない金魚みたいだった。

「氏鞍さんの死体を、捜しに行くってことか？」

卓也が瞬《まばた》きする。そして、ふっと息を吐いた。

「そうさ。おもろいやろ。夏休みの前祝い。冒険の始まりってとこで。なっ」

「冒険か……」

卓也がもう一度、吐息をついた。

夏だった。曇天であってさえ、光は眩《まぶ》しかった。煌《きら》めいていると信じていたのだ。夏はぼくたちを煌めきの中に誘ってくれると信じていた。

ぼくたちはまだ、少年だった。運命の唐突な暗転を、過去に憑《つ》かれて現在がたわいもなく変容してしまうことを、まだ知らずにいた、知らずにいることのできた少年だった。

参の参

葬儀が終った。

クラクションを一度、大きく鳴らした後、棺《ひつぎ》を乗せた霊柩車《れいきゅうしゃ》が滑るように斎場を出て行く。

雨は止《や》んでいた。

まだ雲に覆《おお》われてはいるけれど空の色が明るい。

雨は止んだのだ。

「恭平」

霊柩車を見送っていた恭平の横に卓也が並んだ。

「おまえ、これからどうするんだ？」

「帰る」

「泊まっていかないのか」

「ああ……」

「今朝早くに着いたばかりやろが。とんぼ返りはきつかろうに」

「しょうがないんや。仕事があるし」

「忙しいんやな」

「まあな」

「おれん家に泊まらんかって誘うてもだめか？」

「気持ちだけ、貰《もろ》うとく。ありがとな、卓也」

「あほ」

眼鏡をおしあげ、卓也は眉《まゆ》を寄せた。

「礼なんて言うな」

両親が相次いで亡くなって間もなく、生家を取り壊してしまっていたから、恭平の帰る家はこの町のどこにもないのだ。

駅前には小規模ながら旅館もあったし、隣の市までいけばもっとましなビジネスホテルもある。身体《からだ》も疲れていた。卓也とゆっくり酒を呑《の》むのも悪くはない。さっき、ふと口にしたほど忙しいわけでもなかった。独立して商業デザインの事務所を開いて一年余り、波に乗っているとはお世辞にも言えない。一日を惜しんで急ぎ帰京しなければならないほどの状況ではなかった。しかし、留まる気にはならなかった。

この町から早く去りたい。

そう思っていた。

卓也が前を見たまま、言った。まなざしは、斎場の花壇に咲く白いクチナシの花に注がれている。

「遺書……出てきたそうや。葬式の始まる前に家の人が見つけたといね。さっき教えてもろうた」

「そうか」

「どこにあったと思う?」

「さあ」

「洞《うろ》の中だとよ」

「洞？」

「覚えてないか？　箱崎の門の近くに大きな松があったろう」

「ああ、あれか」

大きな松があった。大人の腕でかろうじて抱えられるほどの太い幹だった。そこに洞があった。少年だった恭平たちの握りこぶし二つ分ほどの洞だ。

「秘密通信ポストって名前をつけたの、おまえだったよな」

卓也が笑う。ああ、そうだなと答えた。なぜか舌が重かった。

「今考えたら笑っちまうけど、秘密通信と称して遊びの予定とかメモして洞に入れて
……それだけのことが、なんであんなに楽しかったんやろなあ」

「ガキだったからだよ」

重い舌で答える。

「ガキだったから、楽しかった……それだけのことや」

「輝樹は、洞に遺書を隠してた。あいつ、いつまでたってもガキだったんやなあ」

「……かもしれん」

「ガキのまんま死んでしもうた」

「ああ……」

「癌《がん》だったらしい」

「癌？」

「遺書にそう書いてあったとよ。おれは癌でもう助からないって」

「ほんとに……そうだったんか？」

「ああ。癌は癌だったらしい。来月初めにも手術するはずだったとよ。けどほんま初期で、手術すれば治るんやった……んや。ほんま初期で……それなのに……」

「助からないって思い込んでしもうたんやな。あいつ、昔からそういうとこあった。思い込んでしもうたら、他のこと何も考えられんようになる。どんどん落ち込んでまう。蟻地獄《ありじごく》に落ちたみたいなもんや。悪い方に悪い方に考えてしもうて」

「蝶《ちょう》やと」

「え？」

「黄色い蝶の夢を見るんやと。それが辛《つら》いと」

「そうか」

恭平は雨上がりの空気を大きく吸い込んでみた。蛙《かえる》が喧《やかま》しい。都会ではとっくに聞くことのできなくなった声だ。懐《なつ》かしいとは感じないけれど、この町で生きていた時代から、ずいぶんと遠くに来てしまったとは感じた。染《し》み入るように感じた。

「卓也、もう輝樹のことは忘れえ。いくら考えてもせん無いこっちゃ。あいつは自分が癌で死ぬと思い込んでしもうたんや。死ぬって恐怖に囚《とら》われてしもうたんや」

「だから、蝶を……」

「ああ……蝶の幻影を見た。あの光景を思い出した。思い出したら頭から離れんようになってしもうた」

「……そうか、そうかもしれんなあ。あれは、ほんまに……死の光景やったから。輝樹、ノイローゼだったんかもしれん。独りで悩んで、苦しんで……」

「おれのせいや」

唇をかみしめる。

「おれが、あの日、氏鞍さんを捜しに行こうなんていうたから」

なっ、山に行ってみんかや。

あの一言を口にしなければ、あのまま、黙って家に帰っていれば……そうしたら、おれたちの運命は変わっていただろうか。まるで違うものになっていただろうか。卓也、卓也、どう思う？ なあ、どう思う。なあ、言うてくれんか。たった一言「おまえのせいやない」って言うてくれんか。おまえのせいやないって……。

卓也が長いため息をついた。

「恭平」

「うん？」

「もう一度、行ってみんかや」

「え……」

「あそこに、もう一度、行ってみよう」

抑揚のない口調で卓也が言う。蛙の声が一際《ひときわ》、高くなった。覆い被《かぶ》さってくるようだ。

「もう一度、山に行ってみんかや、恭平」

卓也の呟《つぶや》きがはるか遠くから響いてくる。

「もう、帰ろう」

輝樹が今にも泣き出しそうに顎《あご》を震わせている。

「雨が降り出したら、ずぶ濡《ぬ》れになってまうぞ。帰ろう」

「怖いんか」

恭平はわざと輝樹の顔の前でにやついてみせた。

「怖いことねえよ。雨が降ったら困るて、思うただけや」

輝樹が強がる。

「雨なんか降らんさ」

口笛を吹く。ピーピーと甲高い音は僅かにこだまするだけで、すぐに消えてしまう。茂った雑木の葉に全《すべ》て吸い込まれていくようだ。

本当は、少し後悔していた。

こんなところに来るんじゃなかったと後悔していた。

氏鞍屋敷の裏山は、見た目よりずっと深かった。人の手が入らないまま幾年も放っておかれた山はそのことを怒《いか》るのか嘆くのか、異様な有様となっていた。倒木、倒木にからまる蔦《つた》、奇形かと思うほど曲がりくねった細木、立ち枯れた木々……幽霊屋敷に相応《ふさわ》しい、不気味な場所だ。こんなところに、人が踏み込むわけがない。陰気で暗すぎる。冒険しているという高揚感など微塵《みじん》もおとずれない。疲れてもいた、空腹でもあった。このあたりまでは、まだ子どもの足でもなんとか登れたけれど、これ以上はもう無理だろう。危険でもある。

帰ろうか。

帰ろうか。

さっきから胸の内で呟いていた。

帰ろうか。

帰ろう。

なあ、帰ろうか。振り向いて卓也と輝樹にそう声をかけよう。

足を止めようとしたとき、

「あっ」

叫んで、卓也が恭平の身体をおしのけた。前に出る。

「あれ、あれっ」

珍しく興奮した声をあげる。腕を突き出し、指を差す。

「え、なんや？」

「タオルや、タオルが」

卓也の指の先に半ば倒れかけた細い雑木があり枝があった。その枝に白いタオルがひっかかっている。下草を踏みしだいて卓也が近づき、タオルを手にとった。

「氏鞍さんのや。あの日、首に巻いとったやつやで」

「ほんまか？　間違いないんか？」

「ない。ここんとこ、黒いシミがある。薬のシミや。おれにつけてくれたとき、薬が零《こぼ》れて、ここで拭《ふ》いたんや」

「あの日のタオル……て、ことは……」

ほとんど無意識のうちに生唾《なまつば》を飲み込んでいた。

「恭平の言うたとおりや。氏鞍さん、この山に登ったんや」

ざわり。

頭上で木々の枝が揺れた。風の向きが変わったのだ。

ざわり、ざわり。

「うっ」

輝樹が鼻を押さえた。頰から血の気がひいていく。

「なんか……変な臭《にお》いがする」

恭平も感じた。顔を歪《ゆが》めたから、卓也も嗅《か》いだのだろう。

臭い。鼻腔《びこう》が刺激される。臭いが無理やり身体の奥にねじ込まれる。軽い目眩《めまい》がした。

風が吹く。

ざわりざわりと枝が揺れる。

ふわっ。

花弁が目の前を過《よ》ぎった。黄色い花の……。

花ではない、小さな黄色い蝶だ。蝶が眼前を飛んだのだ。ひらひらと風に散る花弁のように飛んだ。

「蝶だ」

「あそこ、なに？」

妙にくっきりとした声音でそう言い、輝樹はさっきの卓也と同じ動作をした。腕をあげ、前方やや斜めを指差す。

雑木の間に目立つほど太い樹《き》が生えていた。薄鼠色《うすねずいろ》の幹をしている。そこに黄緑の、小さいものは百円玉ほどの大きいものは子どもの手のひらほどの苔《こけ》が点在していた。

そして……。

苔を纏《まと》った樹の陰に蝶が舞っていた。ふわふわと踊っていた。一匹ではない、二匹でもない、十匹でも百匹でもない。

蝶が何かに群れている。

足が前に出る。目に見えぬ誰かに腕を摑《つか》まれ無理やり引きずられているように、恭平は蝶の群れに向かって歩いていた。

ずるずると歩く。

卓也が、そして輝樹がついてくる。無言のまま、ずるずるとついてくる。

おまえらも、引きずられてるんか。

歩く。風が吹く。蝶が舞う。

止めてくれよ。なあ、この足を止めてくれよ。

嫌だ。行きたくない。

蝶が舞っている。

「ぐふっ」

自分の奥底から音が迫《せ》りあがってきた。声ではない。奇妙にくぐもった音が恭平の身体中を満たしたのだ。

ぐふっ。ぐふっ。ぐふっ。

黄色い蝶が群れている。とてもたくさんだ。たくさんだ。たくさんだ。百匹、千匹、万……とてもたくさんだ。

木の枝から誰かがぶらさがっていた。たった独りでぶらさがっていた。右足の靴が脱げている。靴を履いていないのだ。

びっしりと蝶がとまっている。みんな黄色い。翅《はね》を震わせて、とり付いている。風が吹くたびに、ふわりと舞い上がり、すぐにまた止まり、翅を震わせる。

「……氏鞍さ……」

卓也が口を半開きにしたまま身体《からだ》を震わせている。

氏鞍さん？

これが？

ふいに光が差し込んできた。梢《こずえ》の間を縫うように夏とは思えぬ淡い木漏れ日がおりてくる。

スポットライトのようだった。

光を待っていたかのように、あるいは光を怖《おそ》れおののくように、蝶がいっせいに翅を広げた。

黄色が金色《こんじき》となり煌《きら》めく。

金色に煌めきながら、無数の蝶が舞い上がる。

顔にぶつかってくる。頬を掠《かす》める。首に止まる。

どろりと重い、そして甘い匂《にお》いがする。

腐臭ではない。花の香りではない。蜜《みつ》でも草いきれでもない。今まで一度も嗅いだことの無い匂いだ。

身体が動かない。指先さえ、まぶたさえ、動かせない。何かに囚われ、縛られている。

蝶は光をあび、金色に発光する。空気は濃度を増し、絡《から》み付いてくる。

金色の光が乱舞する。

金色の匂いが満ちる。

何という美しさだろう。この世にあるべきものではない美を今、目にしている。確かに見ている。確かに見て……そうなんだろうか？　これは、本当に現実なんだろうか？

山はときにとほうもない幻の世界へと人を誘う。里にいては決して見ることのない光景を作りだす。

だとしたら、これもまたそうではないのか。

幻？　夢？　幻影？　悪夢？

金色の光が乱舞する。

金色の匂いが満ちる。

山に囚われ動けない。

光と匂いの中に、二つの目が浮かびあがった。氏鞍さんの目だ。

蝶《ちょう》が覆《おお》い隠していた氏鞍さんの目だ。

白く濁った目、まぶたも睫毛《まつげ》もない。白く濁ったむき出しの眼球。眉《まゆ》も鼻も唇もない。みな融《と》けてぽたりぽたりと滴《したた》っている。

白く濁ったむきだしの眼球だけがある。

口の中に蝶が飛び込んできた。

吐き出すと同時に悲鳴が喉《のど》をつきあげる。

熱い、粘膜を焦《こ》がすほどに熱い叫びだった。

「うわぁぁぁぁぁ」

叫ぶことができた。声を出すことができた。

叫びが縛りを解き放つ。身体が自由になる。恭平は卓也と輝樹の肩を摑んだ。

「逃げろ」

逃げろ、逃げろ、逃げるんだ。

ここから早く、一秒でも早く、逃げなければ……。

蝶が舞う。群れて飛び回る。行く手を塞《ふさ》ぐつもりだろうか。

ここにこのまま、おれたちを閉じ込めるつもりなんじゃ。

両手を振り回し逃げる。黄色い鱗粉《りんぷん》が散った。

輝樹が転ぶ。手足をばたつかせて、待って待ってと悲鳴をあげる。腕を引っ張り地面から毟《むし》り取るように起き上がらせる。

早く、早く逃げろ。

氏鞍さんが……氏鞍さんが見てる。蝶が閉じ込めようとしている。だから、早く……。

逃げろ、逃げるんや。早く、早く、ここから……。

それから後の記憶は曖昧《あいまい》だった。とても曖昧だ。ぼやけて、夢と現《うつつ》の境目が消えてしまっている。

高熱を出した。

母が近くの神社へ息子の命乞《ご》いをしたほどの熱が数日続き、その間、ずっとうなされ続けていたという。それは、卓也も輝樹も同じで、輝樹はその日のうちに救急車で病院に搬送されたほどの重態だった。

切れ切れの恭平たちの証言をもとに、もう一度、山での探索が行われ、氏鞍さんは発見された。やっとあの枝から下りることができたのだ。

「蝶は……」

熱が下がり、氏鞍さんが発見されたこと、葬儀がほんの形ばかりであったけれど、とりあえず行われたこと、葬儀に肉親は誰一人いなかったこと等々を母から聞いたとき、恭平はぽろりと呟《つぶや》いていた。

「蝶は……」

「蝶？」

母が目を細める。息子が何を問うているか理解できていないのだ。

「なんのことや。蝶って？」

「あ……」

口の中に蝶が飛び込んでくる。あの感触がよみがえる。胸が重くなり、吐き気がした。

「それより、身体が治ったら、お父さんからしっかり叱《しか》ってもらうからな。子どもだけであんなとこに行くなんて、どんだけ危ないか考えてみぃや。ほんまに……」

母の小言が遠くから伝わってくる。恭平は目を閉じた。まぶたの裏の薄闇《うすやみ》に金色の光が瞬《またた》いた。

ずっと後、夏も終わり秋が長《た》けたころ、氏鞍さんの死体を担架にくくりつけて里まで下ろしたという消防団員の男に尋ねたことがある。

氏鞍さん……どんなだった？

壮年の消防団員は恭平の問いに、短く答えた。

「惨《むご》かったな」

「惨いって……あの……」

「蛆《うじ》がたんとわいとった」

「蛆が？」

「ああ、夏の頭からずっとぶら下がってたでな、蛆もわくさな。びっしりたかってたまで。白い服を着とるげに見えたほどや。すげえ臭いがしたし、半分ぐらい獣に食いちぎられてたし……まぁ、ほんまに惨いもんじゃったな。あれに比べれば、そんじょそこらのホラー映画はみんな、子ども騙《だま》しみたいなもんやでなあ」

「蝶は？」

「蝶て？　あの、虫の蝶々か？」

「そう……黄色い蝶がいっぱいいなかった？」

そこで消防団員は顎《あご》をあげ、からからと笑った。

「蝶なんぞ、おるものかね。蛆や蛆。蠅《はえ》がぶんぶん飛び回っとっただけや。黄色い蝶やて？　ははは、蝶なんぞがおるわけないやろが。死体にたかるのは蠅に決まっとるで」

蝶はいなかったのか？

あの金色の光を誰も見なかったのか？

あれは全て現実ではなかったのか？

首を振る。

脳裏に焼き付けられた金色の粒をはらうために、恭平は幾度も首を振った。振っても振っても、無駄だった。固く閉じたまぶたの裏で金色の粒は黄色い蝶にかわり、ふわりふわりと舞い続けるのだ。

氏鞍の幽霊屋敷は跡形もなく取り壊されていた。周りの木々も伐採され、跡地は砂利の敷き詰められた平地になっている。

こんなに明るい場所だったのか。

息を詰めるほどの驚きに襲われる。

こんなに明るく、山の浅い場所だったんだ。

まだ雨滴《うてき》の残る草がズボンの裾《すそ》をぐっしょりと濡《ぬ》らしはしたけれど、あの日の不気味さは、怖ろしさは、どこにもなかった。大人一人がかろうじて歩けるほどの岨道《そばみち》さえついている。

あの日、山を分け入って、分け入って、ずいぶん奥まで分け入ったと感じていたのに、山沿いの道から十五分も歩かず卓也は足を止め、恭平を振り返った。

「ここだ」

「ここが……」

雑木の茂る林だ。雨上がりの靄《もや》が山の斜面を薄く覆っている。風の流れなのか、地形の関係なのか、靄がゆるりゆるりと地を這《は》って恭平と卓也が登ってきた道を下りていく。

どこかで、鳥が鳴いた。

フォッ、フォッと響く声が木々に当たり、跳ね返り、こだまする。

梟《ふくろう》だろうか。昼間であっても梟は鳴くのだと、聞いたことがある。山で人が死んだ時、その死を告げるために、あるいは悼《いた》むために鳴くのだと、聞いたことがある。

恭平は視線を巡らせ、あの樹を探した。

薄鼠色の幹の苔を纏った一本の樹。

見当たらなかった。どの樹も同じに見える。

「はい、藤堂ですが……、あっはい……ええ……ええ、あぁそうですか……ええ、わかりました。ええ……確かですか？　……間違いないってことですね……それは……」

卓也が携帯を耳に当てている。

通じるのか？

自分の携帯を取り出して確認する。圏外ではなかった。ここは携帯が通じる範囲なのだ。

携帯をしまい、卓也が深く息を吐いた。顔色が悪い。かかってきた電話はあまり、楽しいものではなかったのだろう。

卓也もまた、歳《とし》相応の重荷を背負ってここに立っているのかもしれない。誰も少年のままではいられない。

唐突に、胸の奥が疼《うず》いた。奥歯を嚙《か》み締めなければ呻《うめ》きが零《こぼ》れてしまうほどに疼いた。

痛い。

あの恐怖、あの陶酔。

腐乱した死体に群がる蝶のおぞましさと美しさ。

おれたちは、あの夏、見たのだ。おそらく一生に一度しか見ることのできないものを見たのだ。おれたちは、あの夏、山に分け入り、現実と幻の端境《はざかい》に身をおいたのだ。

何という鮮烈な夏だったのだろう。

もう二度と戻ることのできない場所、手の届かない彼方《かなた》に過ぎ去っていった時間、光、匂い。記憶だけを残して、全《すべ》てが消えてしまった。変わってしまった。

おれたちは、とっくに少年ではなくなったのだ。

もう端境に迷い込むことはできない。

「こんなところ、だったんかなあ」

携帯をしまい、近づいてきた卓也に呟いてみる。

「ああ、氏鞍の家が取り壊されて、真《ま》っ直《す》ぐに登れるようになったから……それにしても、こんなに浅いとこだったなんて、ほんま意外やろ」

「うん」

「嘘《うそ》みたいやな。恭平、おれ、今でも時々思うんや。あれ、現実のことやったんかなって」

「うん……」

「それにな……なんや、思い出しても怖いって感じんのや。不思議なんやけどな。あんなに怖かったのに、あんなもの見たのに、怖いって言うより、なんか……なんて言うたらええのかな、懐《なつ》かしいってのも違うけど……」

「綺麗《きれい》やったな」

「え？」

「蝶、綺麗やったよな」

美しかった。現であろうと幻であろうと、美しかった。あの眩《まぶ》しさに比べれば今、立っている場所のなんと凡庸なことか。ここには、

「……もう氏鞍さんも黄色い蝶もおらんのやな」

思いが言葉になった。風が吹く。靄が流れる。足首に纏《まと》いつく。冷たい。ああと卓也がうなずいた。

「氏鞍さんも蝶も、輝樹もおらんようになった」

氏鞍さんも、蝶も、輝樹も……おらんようになった。

「恭平」

卓也の顔がゆっくりと回り、恭平に向けられた。頬からさらに血の気が引いている。唇が僅《わず》かに震えている。

「おまえ……なんで、輝樹を殺した」

足首が冷たい。足首に絡《から》んでくる靄が冷たい。身体《からだ》の全てが冷えていく。

こんなとき煙草《たばこ》が吸えたらいいんだがな。

そんなことを考えてしまった。

ポケットから煙草を取り出し、一本、引き抜く。口にくわえ火をつける。時間がかせげる。間がとれる。

蒼白《そうはく》な顔色でおれを凝視するこの男から、僅かでも逃れられる。

「おれが、輝樹を？」

煙草のかわりに、枝先の葉をちぎり、軽くかんでみた。苦い。

「何を言い出すんや。輝樹は自殺やったやろが。油かぶって、自分で火をつけた。焼身自殺やておまえが言うたんや」

「そう……確かに、輝樹は自分で死んだ」

「だったら……」

「死ぬように、おまえが仕向けたんやろ」

苦い。これは何の葉だろう。濃い緑で肉厚だ。

「輝樹に、自分はもう手遅れで助からん。苦しみながら死ぬことになるって思い込ませた……そうやろ、恭平」

「つまらん、言いがかりをつけんな。おれは東京におるんぞ。どうやったら、そんなことができる。できるんやったら、むしろ近くにおったおまえの方やないのか」

「輝樹は、おれよりおまえのことを頼りにしてた。大人になってからも、『恭平ならどうするかなあ』なんて、よう口にしていたから。あいつな……おまえに助けられたって思うてたんやで。おまえが助けてくれたって……信じてた」

恭平が助けてくれたんや。

輝樹はそう言った。言ったあと、照れ笑いを浮かべてグラスの酒を呑《の》んだ。都会の片隅の小さなバーだ。外では雨が降っていた。

あの日、転んだおれを引きずり起こしてくれて……いや、その前に逃げろって言うてくれて……おれ、恭平に助けられた。

「輝樹はおまえのことが好きやった。一番の親友やと信じてた。だから、自分が癌《がん》かもしれんて感じたとき、無性におまえに会いとうなったんや。そして……会いにいった」

なんや、恭平の顔が見とうて。そしたら、安心するような気がしたんや。やっぱ、不安で……不安で、怖いんや。恭平なら助けてくれるかもって……あはっ、おれ相変わらず、弱っちいな。

「一度だけやない。二度も三度も、会いに行った。あいつ、ほんま不安やったんやなあ。おまえは、輝樹のその弱さや不安につけこんだんやないのか。会うたびに、山の話をして、あの夏の話をして、蝶《ちょう》の話をして……輝樹をどんどん追い込んでいった。携帯に電話もかけたんやろ。何度も、心配してるふりして何度も何度も……おまえ、黄色い蝶の夢を見ないかって。あの蝶に取り憑《つ》かれて、氏鞍さんみたいになるんやないかって。そう言うたんやろ。あいつの耳元で囁《ささや》いたんやろ……」

「卓也。いい加減な作り話なんぞ、するな」

「日記に書いてあった」

「日記？」

「ああ、日記いうてもメモ程度のもんやけど。輝樹は数年前から日記をつけてたんや。おれそのこと知ってたから、輝樹のお兄さんに調べてもろうた。そしたら……そこに、メモしてあったと。『恭平から電話。黄色い蝶』って同じようなメモがあちこちに書いてあったて」

ああ、さっきの電話はそれだったのか。

「輝樹はおまえに追い込まれて……おまえとあの蝶に追い込まれて……自分が氏鞍さんみたいに腐っていくって思うて……それで自分に火をつけた。自分にたかる蝶もいっしょに焼き殺すつもりやったんかな」

笑ってみる。冷笑を浮かべて、卓也を見つめてみる。

「おれが、なんで輝樹を殺したりするんや？」

「金だ……おまえ輝樹に、二千万近くの金、借りとったんやないのか」

恭平は濃緑色の葉を茂らせる樹《き》の幹を軽くこすってみた。

この樹だろうか？　いや、違う。これは蝶の樹じゃない。

「輝樹は家族の誰にもないしょで、自分の預金と保険、解約して金、作って、おまえに渡してたんやろ。それも、調べてもろうた。お兄さん、びっくりしてたで。まるで知らなんだって。輝樹のこっちゃ、おまえに頼むと頭下げられたら、断れんかったやろな。黙って、金を貸したんやろな。むろん、借用書なんぞないやろ。輝樹が死ねば、借りた金、返さんかてよくなるもんな」

「卓也……、けど、遺書を、輝樹の遺書があって……」

「おまえの偽造やろ」

唾《つば》を吐く。

ああ苦い。口の中が焼けるようだ。

「おまえが、輝樹の筆跡をまねて書いた。それで、輝樹が病気を苦に自殺したってことにしたかったんやな。そんなもの偽造する必要なかったのにな……わざわざ作って……恭平、おまえ信じたかったんか。自分のせいじゃない。輝樹は蝶に憑かれて死んだんだって……それで、あんな贋物《にせもの》の遺書、作ったんか」

「なんで……贋物とわかる……」

「おれ、洞《うろ》を探したんや」

「え？」

「輝樹が死んだとき、すぐに……洞のこと浮かんで、もしかしたらここに遺書がって……、けど、なかった。何もなかった。なのに、おまえが帰ってきた日に洞から遺書が発見された。おまえ、おれに言うたより一便早うに帰ってきたんやな。それで、秘密通信ポストに贋物の遺書を入れた……」

秘密通信ポスト。そうか、卓也、おまえも忘れていなかったのか。少年のころの記憶を、思い出を、残滓《ざんし》を拭《ぬぐ》い去ってはいなかったのか。

「そんなことが言いたくて、おれをここに誘うたんか」

「そうや。ほんとのことが知りたかったんや。ここで聞くのが一番、ええような気がして……」

「おれは殺してないで」

息を吐く。足首から膝《ひざ》へ、膝から腿《もも》へ、靄がのぼってくる。

「輝樹は自分で死んだんや。おれが手をくだしたわけやない」

「直接にはな。けど、そう仕向けたのはおまえや」

「だとしたら、どうする？　警察に通報するか？　おれが何をした？　幼馴染《なじみ》の相談に乗ってやって、いっしょに思い出話をしただけや。昔話をしただけや。おれは、犯罪なんぞ、なんもやってないぞ」

「恭平！」

卓也の声が震えた。身体も震えている。

「警察なんて、どうでもええ。そんなもん関係ないんや。恭平、なんでや、なんで、輝樹を殺した。追い詰めた。なんで、あんな死に方をさせた」

恭平は背中を樹の幹にあずけた。

「あいつな……簡単に貸してくれたんや」

「え？」

「金。事務所の経営が軌道にのらんで、手詰まりになって……切羽詰って、輝樹に頼んだ。そしたら、あっさり貸してくれた」

「そりゃあ、輝樹はおまえのこと親友やと思うてたから」

「二千万やぞ。二千万、ぽんと貸してくれた。おれが必死になって金策に走り回って、どうにもならんかった額を涼しい顔して、貸してやるってよ」

「輝樹は、自分名義の預金をほとんど解約しておまえに渡してたんや。涼しい顔なんぞ、しとるものか」

「そうか……そうやろな。輝樹は優しいやつやった。けど、あいつはいつも、おれが欲しゅうてたまらんものを、どんなに欲しゅうてもどうにも手が届かんものを、持ってて……何でも持ってて……昔からそうやなかったか？　釣竿《つりざお》でも、ラジカセでも、車でも、何でも持ってたよな」

「恭平……」

「卓也、おれ……輝樹のこと憎んでたんやろかなあ」

わからない。わからない。わからない。

おれは自分の心がわからない。

人の心も山と同じだ。分け入って、分け入って、分け入っていくほどに迷ってしまう。迷って、思わぬものを見てしまう。見てはいけないものを見てしまう。

恭平。

輝樹の声がした。

恭平、おれ……怖ぇえよ。死ぬのが怖ぇえよ。死ぬのって、氏鞍さんみたいになることやろ。蝶にびっしりたかられて腐っていくことやろ。恭平……おれ、怖ぇえよ。

靄《もや》がのぼってくる。腰まで、胸まで、肩までのぼってくる。

ひらり。

黄色い蝶が舞った。

靄の向こうで蝶が舞っている。

一匹、二匹、三匹……無数の蝶が乱舞する。

ああ、あそこだ。あそこにいる。

白い靄の中に足を踏み出す。

あそこにいけば、また、あの光景に出会える。

「恭平」

卓也が叫んだ。

「待てや。恭平、どこに行くんな。そっちは危ないって、崖《がけ》になっとるって、恭平」

肩を摑《つか》まれる。

振り払う。力いっぱい振り払う。

卓也が小さな悲鳴をあげ後ろに倒れこんだ。

「恭平！」

靄に包まれる。

「恭平、待て、待てったら」

黄色い蝶が舞っている。群がり、翅《はね》を震わせている。

何に群がっているのだろう。あの蝶がひらりひらりと飛び立てば、何が現れるのだろう。

氏鞍さんか……輝樹か……それとも、それとも、おれだろうか。

蝶は金色の粒となり、煌《きら》めきながらさらに乱舞する。

何でもいい、誰でもいい。

また会える。あれを見ることができる。あの夏がまた還《かえ》ってくるんだ。

口元がほころぶ。

微笑《ほほえ》みながら恭平は、金色の光へと手を伸ばした。

足元の地が消え、ふわりと身体が浮いた。

蝶が、舞っている。群がっている、翅を震わせている。

ぼくたちはあのころ、夏を信じていた。夏が永遠だと信じていた。いつまでもいつまでも、続くのだと信じていた。

# 四の壱

その男は、背後からふいに声をかけてきた。

「誰を捜しているの？」

久実子《くみこ》は、驚いて振り返った。

「あっ、びっくりさせちゃったかな。ごめんね」

長身の男だった。脚が長くて、すらりとしているのだ。

わりにかっこいい。

ちらりと男の全身を視線で撫《な》でて、久実子は一人、心の内でうなずいた。

うん、わりにかっこいい。

美枝《みえ》なら、けっこう好みかもしれない。九十点ぐらいつけちゃうだろうな、きっと。

でも、あたしは厳しいんだ。いいとこ、七十五点ぐらいかな。背は高いけど、痩《や》せすぎている。ひょろりとして、頼りない感じ。あたしは、どちらかというと、筋肉質タイプがいい。でも、マッチョはいや。筋肉むきだしてぶるぶる震わせるなんて、滑稽《こっけい》だ。着痩せするけれど、きっちり肉のついている身体《からだ》がいいと思う。

男は少し首を傾《かし》げ、身を屈《かが》めるようにして、

「誰かを捜しているんでしょ」

なんて、なれなれしく声をかけてくる。図々《ずうずう》しいやつ。

無視する。

「あれ？　無視？　きついね？」

口調の軽さのわりに、男の眼は笑っていなかった。じっと、久実子に注がれている。気味が悪い。もしかしたら、変態かもしれない。でも……。

ふっと心が騒いだ。

誰かを捜しているんでしょ。

さっき、この男はそう言った。たぶん、単なるナンパの手口だ。久実子が一人、人待ち顔に立っているものだから、適当に声をかけてきたのだ。

そうだ、そうに決まっている。本気で取り合わない方がいい。女が欲しくてうろついているナンパやろうだ。そうでなければ変態。

でも、もしかしたら……でも……。

久実子は男を見上げ、ほとんど声にならない声で囁《ささや》いてみた。

「あなたも、わかるの？」

男は瞬《まばた》きもせず、久実子を見返してくる。

「あなたも……彼らがわかるの？」

「わかるさ」

男がゆっくりと返事をする。

「とても、よく……わかる」

「ほんとに」

驚きに息が詰まった。

「わかるさ。ほら、あれ……」

男の指さした先に、女が歩いていた。化粧っ気のない地味な、でもそれなりに整った顔だちをしている。少し俯《うつむ》き加減で、何かを口の中で懸命に唱えていた。

ああ……、確かにそうだ。

息を吐き出す。

この人にも、死者が見えるのだ。

久実子の耳奥で風の音がした。木々の枝を揺らす風の音。故郷の山から響いてくる音だった。

四の弐

「どうする？」

男がポケットに両手をつっこんだ恰好《かっこう》で首を傾げる。

「軽薄」の二文字がおでこのあたりに張り付いている。そんな口調で、そんな仕草だった。

頭の中には女とやることと、楽して金を儲《もう》けることしかありませんよ、おれ。みたいな雰囲気だ。

こいつの「どうする？」は、「そこらへんのラブホにする？　それとも、おれの部屋でやるか？　そっちの方が安上がりだし」ってふうに聞こえる。もろに聞こえる。

不愉快。

「なあ」

口を結んで黙り込んだ久実子の顔を男がのぞきこむ。

「どうする？　やる？　やらない？」

「やるわよ」

男が口笛を吹く。通行人が何人か振り返り、けげんな顔で男と久実子を見た。

「やめてよ。恥ずかしい」

「なにが？」

「目立つでしょ」

「目立つの、嫌なわけ？」

「好きじゃない」

「へぇ。そうなんだ。かわいいね。えっと……あれ？　名前、まだ教えてもらってなかったよね。なんていうの」

うわっ、やっぱ、ばりばりナンパの手口じゃない。こういうやつに限って、自分がイケテルなんて思い込んでるんだ。

久実子は男から視線をそらすと、歩きだした。さっきの女性の後姿を追う。青いブラウスの背中は人ごみに紛れ、遠ざかり、久実子の視界から消えようとしていた。

「あっ、ちょっと待ってよ。おれも行くから。おいてくなよ」

男が慌《あわ》てて後ろからついてきた。長い手足をばたばた動かしている。まるで、壁にぶつかって落ちてきたコガネムシみたいだ。

ばたばた、ばたばた。

なんだかおかしい。

「あっ、笑った」

横に並んで男がやけに明るい声をあげる。あれっ？　と思った。足が止まりそうになる。

気持ちのよい明るさだ。

がらんどうの明るさじゃなくて、温かみがある。

何かに似ている、なんだろう？

光？

よく晴れた夏の早朝、木々の間から差し込んでくる光、あれに似ている？　柔らかくて温かくて……。

いや、ちがうと、久実子はかぶりを振った。

朝の光じゃない。光であると言うのなら昼下がり、中天から少し傾いた午後の光だ。

春とか秋の初めの。その時刻の光なら柔らかいとも、温かいとも言える。

朝の光じゃない。

山の朝はそんなにたおやかではないのだ。温かくも柔らかくもなくて……鋭利な刃、研ぎ澄まされた刃物そのものだ。とりわけ、夏は。

まだ薄く闇《やみ》の留《とど》まっている空間を光が射る。突き刺さってくる。いく筋もの光の道ができるのだ。それまで、闇に閉ざされていた諸々《もろもろ》が現われ出る。

朝露に濡《ぬ》れた葉、小枝の間にかけられた蜘蛛《くも》の巣、羽虫、白い小さな花……さっきまで黒く塗り込められていたのに、一筋の光の中でそれぞれがそれぞれの色彩を取り戻して、さんざめく。

夏。山の朝はそうやって明けるのだ。

街のようにゆるりゆるりと訪れない。唐突に、猛々《たけだけ》しいほど唐突に闇を裂き、夜を追い払う。

悲鳴が聞こえるようだと、ときに思うことがある。明けていく光景を目にするとき、光に斬《き》られ、裂かれる闇の叫びを聞いてしまう。いつもではない。ほんとうにたまにだけれど、悲痛な声が耳の奥底に響いてきたりするのだ。

ずっと昔、まだランドセルを背負って小学校に通っていたころ、美枝に打ち明けたことがある。春だった。小学校から家へと続く山道は芽吹き始めた雑木の薄緑とタンポポの黄色にそまり、白い蝶々《ちょうちょう》がひらひらと舞っていた。どの色も美しく艶《つや》やかに目に映る。雪雲の垂れ込めた冬の景色から解放された思いが心を浮き立たせていた。口が軽くなったのは、春のせいだったかもしれない。

あたしね、夜の悲鳴がきこえるんよ。ミエちゃん、そんなことないん？

「うん。あたしもあるよ」そんな答えが返ってくると半ば確信していた。天田《あまだ》美枝とは幼なじみだ。久実子の家も美枝の家も、山懐《やまふところ》に抱かれるようにして建っている農家で、土間があるのも、古い仏壇が三つあるのも、一年中冷え冷えとした空気が家の中に漂っているのもそっくりだった。

あたしに聞こえるんだもの、ミエちゃんだって聞こえてるよね。

しかし美枝は両目を瞬《また》かせ、眉間《みけん》に皺《しわ》を寄せた。

「はぁ？　なに、それ。どういうこと？」

「どうって……あの、え？　ミエちゃんには聞こえんの？」

「聞こえるって、夜の悲鳴が？」

「うん……そう」

「聞こえるわけないが。へんだよ、そんなの。すごい、へんじゃが」

「へん？」

「おかしいってこと。夜の声だって。そがん声が聞こえるなんぞ、ぜーったい、へんだもの」

自分が失言をしてしまったことに久実子は気がつき、慌てた。腋《わき》の下に冷や汗が滲《にじ》むほど慌てた。

「クミちゃん、へんだよ。へん、へん。なんか、やだなあ」

なんか、やだなあ。

その一言を美枝は本当に嫌そうに口にした。やだなあと言いながらちらりと久実子を見やった目つきを今も忘れていない。怯《おび》えがあった。拒否があった。疎《うと》むという言葉などまだ知りもしなかったけれど、疎まれていると感じた。少し背中が寒かった。疎まれたからではなくて、今まで楽しげにおしゃべりしていた友人が、ころりと豹変《ひょうへん》して見せた目つきに寒気がする。

そして、二日後、母にひどく叱《しか》られた。車で十五分の距離にあるスーパーマーケットから帰ったとたん、買い物袋を床に放り投げ、刺身のパックやら醤油《しょうゆ》のボトルが転がり出るのもかまわず、甲高く上ずった声で久実子の名を呼んだ。

「久実子、ちょっと来《き》い」

母の前に立ったとたん、頬をぶたれた。

「この子は……馬鹿《ばか》なこと言うてからに」

太り肉《じし》な母親はよく汗をかく。ふだんよりもさらに多くの汗粒を額に浮かべ、久実子を睨《にら》みつける。

「スーパーで天田さんに会うて、あんたのこと、いろいろ聞かれたがよ。あんた、美枝ちゃんに何やおかしなこと言うたてね」

「おかしなことなんて……言うとらん」

「嘘《うそ》つかんとき。変な声が聞こえるとかなんとか言うたやろ。天田さん、『久実ちゃん、だいじょうぶなん？』て、心配顔で……あんたのこと頭がおかしゅうなったんやないかみたいな目、してた」

母の額から汗が一粒、ひゅるりと流れた。

「うち……おかしなこと、言うとらんし……」

「久実子！」

母の右手があがる。再びぶたれると身を竦《すく》めた。しかし、母の手は娘の頬を打つかわりに、肩を摑《つか》み、揺さぶったのだ。

「しっかりしてや。あんたまで変な目でみられたら……うちは、どうしたらええか……わかっとるね。わかっとるね、久実子。他の人と違うこと言わんのよ。違うことしたらあかんのよ。お母さん、いっつも、いっつも……言うとるやろ」

母の目から涙が零《こぼ》れる。汗に紛れて頬を滑っていく。丸い顎《あご》の先から滴《したた》っていく。

母と五歳違いの兄、久実子の伯父石崎祐介《いしざきゆうすけ》は去年の秋、裏山の大樹にロープをかけ縊《い》死《し》した。理由はわからない。伯父は身体も精神も頑強で、陽気で屈託のない人柄でもあった。人望もあり、次の町議選挙に地区代表として出馬を要請する動きまであったほどだ。離婚の経験はあるが三年も前のことであり、今さら自死の因《もと》になるとは思えなかった。経営していた建設会社の業績もほどほどに順調で、多額の借金を抱えていたわけでもない。二、三人、遊び相手の女はいたが拗《こじ》れていた様子もなかった。命を絶たねばならない苦は、どこにも、何一つとして見あたらなかったのだ。

そういう男が首を吊《つ》った。

秋の盛り、町を取り囲む山々が絵緯《えぬき》によって織り出されたかのように、華麗に変化する季節であったから、

「あれは紅葉に憑《つ》かれたのじゃろうよ」

と、心得顔に語る老人たちもいたほどだ。確かに、伯父の吊り下がった樹《き》は樹齢百年とも言われる楓《かえで》の古木で、伯父が吊り下がったその日はまさに紅爛漫《らんまん》と見惚《みと》れるほ

どに、鮮やかに色づいていた。そこに日が当たれば樹は紅蓮《ぐれん》の焔《ほのお》を吹き上げて炎上しているのかと見違えるほどの紅でもあった。

伯父は朝方、まだ明けやらぬ山道を歩き、樹の中ほどの枝に登り、その枝と自分の首にロープを巻きつけて、飛び降りた。

体重八十キロ近くの巨漢だ。頸骨《けいこつ》はたわいなく砕けただろう。そして、その音を楓の大樹だけが聞いていたはずだ。

理由の判然としない自死はさまざまな憶測を招いて、噂《うわさ》の源になり、好奇心の的になった。

秋が長《た》けて冬に変わり、初雪から三度目の降雪が根雪になったころには、伯父の死は謎《なぞ》のまま人々の記憶から薄れていこうとしていた。しかし、薄れただけで完全に消え去ることはない。それは、残り香のように人々の意識に沁《し》み込み、謎であるがゆえに気味悪がられた。

暗闇といっしょだ。日の下で明白な場所より、闇に塞《ふさ》がれ見ようとして見ることのできない場所を人は忌《い》むし、怖《おそ》れもする。気味悪がる。そして、闇溜《だ》まりは人の外にも内にもあるのだ。

伯父の死はまさに、人の内側の闇溜まりと、そこがときに死へと繋《つな》がる場所であることを人々に見せ付けるものとなった。

　人の闇をみつめるより、死者個人を貶《おとし》めた方が楽だ。

「石崎さんは、そういやぁ、ちょっと変わっとったとこあったね」

「そうやね。変人やったね」

「思い詰めるみたいなとこ、あったしね」

「あったあった。よう酒も呑《の》んでたがね。呑んだら、けっこう愚痴っぽうなったりしたから」

「ああ、やっぱりそうやったんやね。そんな人やったんやね」

「そういえば離婚の原因になったのは……」

　陽気で人望のあったはずの伯父は、いつのまにか『変な人』になり、その死は決して漂白できないシミとして久実子たちの生活に残ることになった。

　母と伯父は仲の良い兄妹で、伯父は夫と死別して実家に戻ってきた妹と姪《めい》の世話をなにくれとなくやいてくれた。妹も兄を頼りにしていたはずだ。しかし、葬儀の後、母は喪失感よりも悲しみよりも、とれないシミに苦しむことになる。

　母が普通であることに、一般常識とか世間の規範から外れないこと、はみ出さないことに極端に神経を配るようになったのもそのシミを何とか取り去りたいと望んだからに他ならない。

「他の人と違うことしたらあかんよ」

いつの間にか母の口癖となった一言は、久実子の日々をきりきりと縛り上げる捕縄と化した。

みんなと同じ、みんなといっしょ。

目立ったらあかんよ。

おとなしくしときなさい。

久実子、他の人と違うことしたらあかんよ。

「他の人と違うこと言わんのよ。違うことしたらあかんのよ。お母さん、いっつもいっつも……言うとるやろ」

怖くて、母の目から止めどなく涙が零れるのが怖くて、母の額からしとどに汗が噴き出すのが怖くて、久実子はうなずいた。

「ごめんなさい。もう、しません。もう……言いません」

「ほんまやで、約束やで」

「うん」

肩を摑んでいた手から力が抜けた。エプロンの裾《すそ》で汗と涙をぬぐい、母がとってつけたような笑みを浮かべたのを覚えている。楽しくも、嬉《うれ》しくもないのに笑う。その笑みも怖かった。

久実子は母と約束した。

他の人と違うことも言わないし、しない。

だから黙っていた。

夏の間、伯父がずっと部屋の隅に座っていたことを。

そこは仏壇の間で畳にも壁にも天井にも線香の匂《にお》いが染《し》み付いている部屋だった。冬は痛いほど寒いけれど、夏は涼しい。この部屋にいるとクーラーなど必要なかった。線香の匂いも、涼やかな空気も、北側から吹き込んでくる風も、お気に入りで、久実子はいつも夏の間中、仏壇の間ですごすことにしていた。卓袱《ちゃぶ》台《だい》の上で絵を描いたり、宿題をしたり、昼寝をしたり……。

転寝《うたたね》をしていた。

少し風邪気味で身体《からだ》がだるい。体温を測ると微熱があった。母の作ってくれたミックスジュースを飲んで横になっているうちに、うとうとと軽い眠りに誘われた。

蜩《ひぐらし》が鳴いていた。

カナカナカナ

カナカナカナ
他のどんな虫の声よりも哀《かな》しげに響く声だ。
カナカナカナ
カナカナカナ
蜩の声を聞いていると、全《すべ》てには終わりがあると分かってしまう。どんな楽しい時間にも、哀しい季節にも、人の命にも、必ず終わりがくるのだと分からされてしまう。
カナカナカナ
カナカナカナ
カナカナ……
蜩が鳴き止《や》んだ。
ふっと目が覚める。喉《のど》が渇いていた。ひりつくようだ。
お母さん、お水が飲みたいよう。
起き上がり、母を呼ぼうとして首を回したとき、伯父と目が合った。仏間の隅に正座したまま、じっと久実子を見下ろしていた。
「おじちゃん……」
伯父の頸《くび》にはロープが巻いてあった。白い荷造り用のロープの端がだらりと胸に垂れている。顔全体が膨らんで赤紫になっていた。鼻の孔《あな》から黒っぽい血が流れ、乾き、こびりついていた。

「おじちゃん」

呼びかけてみる。不思議と怖くはなかった。

「おじちゃん、帰ってきたんね」

伯父は黙したままだった。ロープが太い頸に食い込んでいる。その部分だけが妙に細く見え、膨らんだせいでさらに大きくなった頭部とどうにも不釣合いだ。今にも折れ曲がり、砕け、頭部だけがごろりと転がりそうだった。

苦しそう。

取って上げたいと久実子は思った。

そのとき足音がして、襖《ふすま》が開いた。

氷枕《まくら》を持った母が顔をのぞかせる。

「久実子、目が覚めてた？　頭、冷やしてあげよて思うて」

「母さん」

「気分、どんな？　頭、痛うないの？」

母は氷枕をぶらさげて部屋の中に入ってきた。仏壇の前を横切り、久実子の傍《かたわ》らに来る。白いソックスの足が線香の匂いの染み込んだ畳をきゅっきゅっと踏んで前に進む。

伯父の目がその動きを追っていた。

クリーム色の膜がかかったような目の中で黒まなこだけが母の動きにつれて右から左に移っていく。

「熱は？……うーん、ちょっと測ってみようかなぁ。熱がこもったらしんどいからね。どう、しんどいか？」

久実子の額にてのひらを当て、母はひどくゆったりとした口調で尋ねてきた。

「……しんどくない」

「そうか。ならええけど。おとなしゅう寝ときぃよ」

母は優しかった。久実子が『へん』でない限り優しくて、声を荒らげることも手をあげることもない。

「お母さん」

「なんね？」

カナカナカナカナカナカナ

蜩が鳴く。

カナカナカナ

カナカナカナ

蜩の声はうっすらと朱色を帯びながらどこまでも透明なベールのようで、その声を耳にするたびに、薄衣《うすごろも》をふわりと被《かぶ》せられた気がしてしまう。

カナカナカナ

カナカナカナ

「お母さん」

「なんね？」

カナカナカナ

カナカナカナ

おじちゃんがいるよ。

その一言を口に出せなかった。

お母さん、おじちゃんがあそこに座って、こっちを見てなはるよ。

言えなかった。

目を閉じて、氷枕の上に頭をおいた。

伯父はそれから、ずっと仏間の隅に座っていた。足をきちんと折りたたみ、膝《ひざ》の上に軽く握ったこぶしをのせ、頸からロープをたらしたまま、朝も昼も夜も、夕暮れも真夜中も明け方も座っていた。

どうして伯父に鏡を見せようと思ったのか、久実子自身、うまく説明ができない。誰に教えてもらったわけでも、何かの本に書いてあったわけでもない。強いて言えば、思ってしまったのだ。ふっと。

おじちゃんに鏡を見せてあげよう。

思ってしまった。

伯父は田舎育ちにしては洒落者《しゃれもの》だった。毎朝、髭《ひげ》をあたり髪型を整え、洋服の色合いや組み合わせに心を配った。真夏だからといって、他の男たちのようにステテコ姿で涼むようなまねは、絶対しなかった。恰幅《かっぷく》のよい伯父が仕立てのいい背広姿で歩いていたりすると人目をひいた。堂々としてかっこいい。久実子は洒落者の伯父を密《ひそ》かに誇りにもしていた。

それが鼻の下に血を固めたまま、シャツやズボンを血や吐瀉物《としゃぶつ》で汚したまま座っている。

おじちゃんは気がついていないんだ。

気がつけば驚くだろう。恥じるだろう。顔を洗い、衣服を整えるんじゃないか。以前のかっこいいおじちゃんに戻るんじゃないか。

鏡を見せてあげよう。

久実子は思ってしまった。

机の上の四角い手鏡を取り上げる。伯父からもらった物だ。バリだったかダカールだったか、久実子には未知の世界、遥《はる》か遠い異国の街からの土産だった。

伯父が仕事で滞在した地方の産土《うぶすな》神だという猛禽《もうきん》の羽と鉤爪《かぎづめ》と女の美貌《びぼう》と乳房を持つ奇怪な、しかし見ようによっては美しい姿態が裏面に極彩色の絵の具で描かれていた。ところどころに嵌《は》めこまれた原色の石がさらに派手さを際立《きわだ》てている。手鏡として持ち歩くには抵抗があるが、調度品として飾っておく分にはおもしろく、久実子は大切にしていた。

手鏡を胸に抱え、仏間に入る。

伯父は座していた。正座したまま、ロープをぶらさげたまま動かない。黒まなこだけが久実子を追いかける。

「おじちゃん」

久実子は伯父の前に立ち、息を飲み込んだ。伯父の黒まなこがぎゅるりと上へ移動する。

おじちゃんの後にどう言葉を続ければいいのか、迷い、言い淀《よど》み、もう一度息を飲み込んだ。

黙って、鏡を差し出す。

カナカナカナ

カナカナカナ

蜩が庭の木で鳴いていた。夏が終ろうとしていた。

カナカナカナ

カナカナカナ

絶叫が響く。

久実子がよろめいたほどのすさまじい叫びだった。

ぐわぁぁぁぁう

ぐわぁぁぁぁう

野獣の咆哮《ほうこう》のようにも、地滑りの音にも似ているようで、今まで一度も耳にしたことのないもののようで……。

伯父は頸に回ったロープに手をかけ、大きく口を開いた。腫《は》れ上がった舌がのぞく。

ぐわぁぁぁぁ、ぐわぁぁぁぁぁ
その舌がぼとりと重い音をたてて畳の上に落ちた。ふと線香の匂いが揺らめいた。

ぼとり、次は指が、ぼとり、次は耳が落ちていく。久実子の目の前で伯父が腐っていく。

歯が落ちた。皮膚が流れていく。黒い眼窩《がんか》の底で白い虫が蠢《うごめ》いている。髪が抜け落ち、頬骨が覗《のぞ》いた。それでも伯父は身をよじり、叫んでいる。

ぐわぁぁぁぁ、ぐわぁぁぁぁぁ
身体の芯《しん》が熱くなる。なのに頭の中が冷えていく。熱風と冬の颪《おろし》が絡《から》まりあい渦をまく。炎と氷、燃焼と氷結が久実子の内でせめぎあう。

伯父は指のない手で喉をかきむしろうとしていた。

「還《かえ》りなさい」

誰かの声がした。地を這《は》うように低い。肩に伸《の》し掛かるように重い。

「山へ還りなさい。山へ還りなさい」

低く重い声が、自分の口から発せられていることに気がついた。久実子は伯父を見下ろし、呟《つぶや》いているのだ。

「山へ還りなさい。山へ還りなさい。山へ還りなさい」
わたしの元に還りなさい。
死者は全て山に還る。
わたしの元に還る。
それが慣わしなのだ。だから、
おまえもわたしの元に還りなさい。
イヤダ
伯父が身悶《みもだ》えする。
イヤダ、オレハシシャデハナイ、オレハシビトデハナイ
鏡を見なさい。
これが人の姿か。
これがおまえの姿か。
アアアア、ドウシテダ、ドウシテダ
これが人の姿か。
人の姿か。
アアアアア、アアアアア

人の姿か。

鏡の表面が鈍く輝く。頭が痛い。刺すような痛みがする。

伯父が立ち上がった。腐肉の塊となった身体《からだ》をひきずって歩き出す。

「おじちゃん」

呼びかけていた。久実子自身の声音だった。伯父は振り返らなかった。俯《うつむ》いたまま遠ざかっていく。

久実子は廊下から庭にでていく伯父の後姿を見送っていた。庭には光が満ちている。

その光に伯父がゆっくりと溶け、消えていく。

「おじちゃん……」

沓《くつ》脱ぎ石の上に水溜《たま》りが残っていた。藍白《あいじろ》の水だ。見つめている僅《わず》かの間に、乾いていく。

伯父が完全に逝《い》ってしまったことを久実子は悟った。涙が出た。

カナカナカナ
カナカナカナ
蜩《ひぐらし》が鳴き始めた。

カナカナカナ

ま た ば ぬ

「笑うと、さらに可愛《かわい》くなるね」

男が口元を緩めて言った。

前言撤回。いや何も言ってないけど、ちょっと、いいかなって思っただけだけど。

やっぱり、軽い。全然好みじゃない。

「あれ。また、むっつり顔になっちゃって。笑ってよ、えっと、なんて名前だっけ？」

「他人に名前を尋ねるなら」

「あっ、まず自分から名乗れってか」

「いいよ、名乗らなくても」

「へ？　なんで？」

「聞きたくないから」

「あいたっ。痛いね、その一言。要するに、おれにキョーミないわけでしょ」

「当たり前。あるわけないでしょ」

「あいたたた。止《とど》めの一撃だね。きついなあ」

「黙って」

腕を上げ、男のおしゃべりを制する。

青いブラウスの背中が公園に入っていく。小さな児童公園だ。ひょろひょろした貧弱な木が入り口に数本、並んでいた。入り口のフェンスには『緑豊かな公園です。きれいに使いましょう』と書かれたプラスチックの板がぶら下がっている。

これが緑豊か……都会の人の感覚ってどうなってるんだろう。

細い枝先に揺れるまばらな葉を見上げて、久実子は目を細めていた。こんなものじゃない。緑ってこんな色じゃない。

豊かだとか、癒《いや》されるだとか、心地よいとか、そんな優しい言葉に置き換えられるものじゃない。この世の中で、最も獰猛《どうもう》で残虐《ざんぎゃく》で美しい色だ。山は人を食らい、緑は人を狂わせる。

山で一度でも道に迷ってごらんよ。周りから緑が襲い掛かってくるんだから。緑が緑に重なって、漆黒に見えるほど重なって、ざわざわと喚《わめ》きたてるのだから。

山で迷ったことが二度ある。小学生のときに一度、つい最近……いやもう一年も前になるか、十九のときに一度、山で道を見失った。小学生のときは美枝といっしょに迷った。慣れた里山だったのに、あっけなく迷ってしまった。二人で抱き合ってわあわあ泣いていたら、山菜取りのおばさんが見つけて、家まで送ってくれた。

去年は一人だった。一人で迷ってしまった。伯父の亡《な》くなった楓《かえで》の樹《き》を見に行った帰りだ。毎年、命日には花を供えに足を運んでいた場所だからよもや迷うなんて思ってもいなかった。岨道《そばみち》を一本間違えて、奥へと入り込んでしまったのだ。高校のときから、都市部の学校に進学し都会生活に染まってしまったから、山を歩く感覚が衰えていたのかもしれない。

恐ろしかった。

どこまで行っても緑、緑、緑。緑が喚き、唸《うな》り、哄笑《こうしょう》する。恐ろしくて、恐ろしくて、逃げ惑えばふいに灌木《かんぼく》の茂みが割れて、深い谷底が口を開いていたりする。死がすぐ傍らに擦り寄ってくる。

それが山、それが緑。

ほんとうに恐ろしかった。どうやって家に帰りつけたのか記憶が途切れているほどだ。

山は怖い。緑は怖い。

改めて心に刻み込まれた。

この都市の人たちはあの恐怖を知らないのだ。

「だよな」

男が呟いた。

「こんなもんじゃないよな」

久実子の隣で男も目を細めていた。久実子の考えたことが伝わっているようだ。久実子もそうだけれど、カンがいいらしい。相手の思うことを何となく察してしまう。

「あなたも……山の人？」

「うん。びっくりするぐらい山奥の小さな村が生まれ故郷。もう、ないけどね」

男の言葉が理解できた。

生まれ故郷はもうない。そんな人間がこの国にはたくさんいるのだ。故郷を思う。まだ、かろうじて生き残っている山間《やまあい》の小さな町。今頃は、猛々《たけだけ》しい緑に埋もれているだろう。

「おれが生まれたころから、年々、人口が減っちゃって……数年前にはほとんど無人化したって聞いた。しかも」

「しかも？」

「一昨年《おととし》の台風で山崩れがあって村の大半を押し潰《つぶ》した」

「村が一つ、完全に消えてしまったってわけね」

「そう。完全消滅。確かお婆《ばあ》さんが一人、犠牲になったはずだけど……たいしたニュースにもならなかったな。地方版に小さな記事がのったぐらい。あの村がお婆さんといっしょに消えちまったの、この国で何人の人が知ってんだろうなって考えること、ある。たまにだけどな。ほんと、たまに」

男の口調はあっけらかんと明るく、好きなアイドルの話でもしているみたいだった。

「そういえば、あなた、なぜ見えるの？」

青いブラウスの女が木陰のベンチに座ったのを確かめてから、久実子は男に顔を向けた。

「おっ、次々、質問がきますね。やっとおれにキョーミもってくれたんだ」

「ふざけないで。珍しいから聞いただけよ」

「珍しい？」

「珍しいじゃない。死んだ人の姿が見えるなんて」

言いながら、胸が高鳴っていた。

初めてだ。と、思った。

男の口調や態度の軽さにばかり気をとられていたけれど、初めて「見える者」に出会ったのだ。同じ人がいる。

お母さん、あたし「へん」じゃないかもしれんよ。あたしだけじゃ、ないんじゃもの。あたし「へん」じゃないかもしれんよ。なっ。

男が指を立て、左右に振った。キザだなと思ったけれど、男にはその仕草がぴたりと似合って、すこしも嫌味ではなかった。

「死んだ人じゃなくて、死んだことに気づいていない人、だろ」

「うん……まあ、そうだけど」

「あっ今、こいつうざい。細か過ぎるって思った？」

「思った」

「ははは。で、きみは？　なんで、死者が見えるわけ？」

「わかんない。昔からそうだったの」

「最初に見えた人って、やっぱ肉親？」

「伯父」

「おれ、おふくろだった」

男を見上げる。細面の顔にゆったりとした微笑がうかんでいた。

「おふくろ、おれが十歳のとき急な病気、たぶん心臓麻痺《まひ》とかいうやつで亡くなったんだけど、葬式の翌日から居間の隅に座ってんの。壁にもたれてじっと、みんなを見てんだ。一生懸命見てるのに、誰も気がつかなくてさ……なんか、かわいそうだった。まだ十歳だったし、おふくろには傍《そば》にいてほしかったけど、それはできないって、子ども心にもわかってさ。おれ、自分で言うのもなんだけど、けっこう利発な子だったんだよな。道理ってのが、ちゃんとわかってたんだ」

「ほんとだね。自分で言うことじゃないよね。聞いてて恥ずかしい」

「いたっ、いたたたた。きついね」

「それで、どうしたの？　あの……お母さんに言ったの」

「うん」

「山へ還りなさいって」

「うん」

山は人魂《ひとだま》の還るところだ。恐怖の裏に安穏があり、冥福《めいふく》がある。

山に囲まれて生きた者は、みな誰も還るのだ。

山に抱かれて朽ちていく。

青いブラウスの女が深く息を吐いた。

「行くか」

「うん」

久実子は男から目を逸《そ》らし、足を踏み出した。一歩、一歩、女に近づいていく。貧弱な木はそれでもささやかな木陰を作っていた。女はベンチの端に腰をおろし、陰の中に身をおいている。

「こんにちは」

月並みな挨拶《あいさつ》だ。最初の一言をどう切り出そうか、いつも悩む。特別な言葉があるんじゃないかしらと思いを巡らせるけれど、何も浮かばず、結局、月並みな挨拶をしてしまう。

「こんにちは」

女が顔をあげた。瞬《まばた》きもせずに久実子を見上げる。

「あの……わたしのこと、見えますね」

こくり。女が頷《うなず》く。童女のような頷き方だ。

「お名前、教えてもらえますか」

ナマエ……

「あなたの名前です」

ワタシノナマエ。ナマエハ……ウエハラ……ウエハラナルミ

「ウエハラさんですね」

エエ、ソウ……デス

「ウエハラさん、どうしてここにいるんですか。ここで何をしているんですか」

ナニヲ？　ワタシハ……ナニヲシテイルノカ……ワタシハ……ナンダカ、アツクテ……アツクテ……ミズガノミタクテ……アア、ナンデコンナニ、アツイノカシラ

「お水、ありますよ」

トートバッグの中からペットボトルをとりだす。『山麓《さんろく》の名水』だって。このボトルをコンビニやスーパーで目にするたびに、きっと、実家の裏山の湧《わ》き水の方が何倍も美味《おい》しいだろうな、お金、いらないしなんて考えてしまう。

ウエハラさんが、ボトルを受け取り口に運んだ。最初の一口は控え目に、それからごくごくと喉《のど》を鳴らして、全《すべ》て、飲み干した。

「美味しかったですか」

イイエ

「美味しくなかった？」

サワノミズ……アレガノミタイ……トテモ、ノミタイ。ツメタクテ、ツメタクテ、ツメタクテ……コドモノコロ、ノンダミズ。ワタシハ、ミズノニオイニツツマレテイタ……ノミタイ……ミズガノミタイ

「山へ還《かえ》りなさい」

静かに息を吐き出したあと、ウエハラさんに告げる。

あなたの魂を山が呼んでいる。

還ってきなさいと。

だから、還りなさい。

あなたはすでに……死人《しびと》なのだから。

「あなたは、すでに死人なのだから」

シビト？

ウエハラさんの目が初めて瞬いた。久実子の言うことが理解できなかったらしい。

「……あなた、焼死したのですよ。だから、熱いの。炎に炙《あぶ》られて……苦しかったでしょうね」

ワタシガシンダ？　ワタシガシビト？　ワタシハミズガホシイダケ。ムカシ、ノンダ……フルサトノサワノミズガホシイダケ……

「ウエハラさん」
久実子はボトルといっしょに取り出していた鏡を両手で持ちながら、ウエハラさんの前にかざした。
伯父の買ってくれた鏡だ。バリだったかダカールだったか、外つ国《とくに》の土産。半獣半人の異国の神を背負っている。
ウエハラさんが、鏡をのぞきこんだ。
カナカナカナ
カナカナカナ
頭上から蜩《ひぐらし》の声が降ってきた。
久実子は透明なベールに包まれる。
カナカナカナ
カナカナカナ
ウエハラさんが震えている。小刻みに身体全部が揺れている。
コレハダレ？　コレハダレ？
顔の半分が焼け爛《ただ》れている。肉が焦《こ》げ、融《と》け、癒着し、ひきつれ……。
ウエハラさんが、両手で顔を覆《おお》った。その手も焦げ、融け、癒着し、ひきつれている。
ああああ、ああああ
あああああ、あああああ
「山へ還りなさい」
山へ還りなさい。
もう、彷徨《さまよ》うのはお止《や》めなさい。
ウエハラさんがふらふらと立ち上がる。久実子は身体《からだ》をずらし道をあけた。ずるずる。足を引きずりウエハラさんは木陰から日差しの中へ進み出る。だらりと下がった両手から体液が滴《したた》っていた。
ああああ、ああああああ
あああ、ああ……
ウエハラさんの声が徐々に細りしぼんでいった。姿もだ。光に晒《さら》され薄れていく。
あぁぁぁぁ……
カナカナカナ
カナカナカナ
蜩が鳴く。ウエハラさんの声に重なり、かき消してしまう。光が煌《きら》めき、風が吹く。

枝が揺れる。ほんの微《かす》かだけれど緑の匂《にお》いがした。藍白《あいじろ》の水溜《たま》りができている。地に吸い込まれるのか、空へ上るのか、ほんの数秒で久実子の前から消えていった。

久実子はベンチにこしかけ、長いため息をついた。

なんだか淋《さび》しい。こんなに明るい日差しなのに、見る物が全て淋しげに思えてしまう。

誰も乗っていないブランコも、その前に舞い降りてきた鳩《はと》も、伸びた夏草も、みな淋しい。

なんて、寂寞《せきばく》とした風景だろう。

一人、また一人と見送るたびに淋しさが増す。増して、増して、いつしか胸が潰れるほど淋しい、物悲しい。

ギシッ。

ベンチが軋《きし》んだ。

男が傍らに腰をおろしたのだ。

「つらそうだね」

「別に」

「無理しなくていい」

「無理なんてしてないけど」

男の目に一瞬、心惹《ひ》かれた。けれどすぐに横を向く。

二つの黒い瞳《ひとみ》が憐《あわ》れみを湛《たた》えているように感じられたのだ。

なんで、そんな目つきでわたしを見るわけ。

不快ではない。むしろ、心地よかった。男の胸に顔を埋めて泣いてしまいそうだった。さっき出会ったばかりなのに、名前も知らない男なのに、軽薄そうで好みじゃない、それが第一印象だったのに、今は胸に抱かれたい。男の温《ぬく》もりが欲しい。

なんでこんなに淋しいのだろう。

男が見つめている。

やめてよ、そんな目で見ないでよ。失礼な人ね。

そう怒鳴りたかったし、睨《にら》み付けてやりたかったのに、久実子は目を伏せ黙り込んでしまった。

「おれ……嬉《うれ》しかったけどな」

「え？」

「きみに会えて。おれ、ずっとおれだけだと思っていたから」

「死者が見えるの……」

「そう。正直、おれってへん？　なんて悩んだりしたこともある」

「あたしも……。あたしね、母にずっと言われてたの。他人と同じじゃないとだめって」

「そうか」

「だから、余計、つらかった。あたし、他人と違うって、見えないものが見えちゃうんだって。怖いというより、つらかった」

「けど、きみはこうやって自分の為《な》すべきことをやってるじゃないか。ちゃんとね……。もう何人も山に還してあげたの？」

「十三人ぐらい。あたし……あたしにできることって、死者を山に還してあげることだって、思って……」

「うん」

「みんな、自分が死んだことを信じられなくて、気がつかなくて、彷徨ってるの。みんな、すごい淋しそうな顔して……還らなきゃあね。みんな、静かに眠れるところに還らなきゃ……いつまでも彷徨ってるのって、淋し過ぎるよ」

「そう思う？」

「そう思わない？」

「思う」

カナカナカナ
カナカナカナ
蜩の声に男は頭上を見上げ、どこにいるんだろうなと呟《つぶや》いた。

「蜩？」

「うん。油蟬《あぶらぜみ》とかけっこう目につくのに、蜩って声だけが降ってくるって感じがしない？」

「するする。空から降りてくるって感じだよね」

「聞いてると、淋しいよな」

男がまた呟いた。

あ、この人はわかっているんだ。この淋しさが、胸を吹き抜ける風の冷たさがわかっているんだ。

「うん……淋しい」

素直に答えた。涙がもりあがってくる。ほろほろと頰を滑っていく。男の手が遠慮がちに久実子の肩を抱いた。抗《あらが》わない。男の胸に顔を埋める。涙を流す。

「ごめん……泣いたりして……」

「気にするな。泣きたいだけ泣いたらいい」

淋しくて、泣いたって淋しいってわかっているのに涙が止まらない。でも……誰かにもたれかかって泣くことが、こんなに安らぐことだったなんて……知らなかった。知らなかった。

カナカナカナ

カナカナカナ

どのくらい時間がたっただろう。男に肩を抱かれたまま、眠っていた気がする。目を開けると、光も陰もそのままに久実子の前にあった。

「なあ」

男が言った。

「名前、聞いてもいいかな」

「うん」

「あなたのお名前は何とおっしゃるのですか」

男の物言いがおかしくて、ちょっと笑ってみる。

「久実子です。石崎久実子」

「どんな字?」

「久しい実る子」

「久しい実る子。久実子か」

男の手が肩から離れた。その手を軽く握り締め、男は言った。低く掠《かす》れた声音だった。

「おれ、きみの名前、ずっと覚えている」

「え?」

「きみの名前も顔も肩の柔らかさもずっと覚えておく。忘れないよ、絶対に。約束する。だから」

「だから……」

「山へ還りなさい」

男は立ち上がり、久実子をじっと見下ろした。

「久実子。もういいから。もういいから……山に還りなさい。もう彷徨うのは止めなさい」

男を見つめる。

光が眩《まぶ》しい。とても眩しい。男の言葉が理解できない。喉が渇いていた。ひりつくほど渇いていた。

アア、ミズガノミタイ……

「これを」

男が鏡を差し出す。何の変哲もない丸い手鏡だ。

「見てごらん」

鏡の中に……。

久実子は声をあげなかった。頬を押さえ小さく呻《うめ》いただけだった。

コレガ、コレガ……ワタシ……

「一年前、きみは山で迷った。覚えてるよね」

オボエテイル……コワカッタ、トテモコワカッタ……イエニカエリツイタトキ……

ホットシタノ……

男がかぶりをふる。

「戻れなかったんだ。きみは生きて家には戻れなかった」

アタシハ……アタシハ……モドレナカッタノ……

「そう、戻れなかった。足を滑らせて谷底に落ちたんだ。深い谷底へ。きみは、まだそこにいるよ。発見されないまま、そこにいる」

緑、緑、緑、緑、緑。

山で迷えば、すぐに緑が押し寄せる。被《かぶ》さり、被さり、被さり、人間などたわいなく埋もれてしまう。風が吹けば木々は猛《たけ》り、日が落ちればぬばたまの闇《やみ》が世界を支配する。

闇の中で蠢《うごめ》く緑の何と怪異なことか。

ずっと見ていた。谷底に横たわり、闇に蠢く緑を見ていた。その緑がしだいに力を失い、紅《あか》や黄色に変わり、やがてはらはらと散っていくのを見ていた。裸の木々の間から白い雪が舞い降りてくるのを見ていた。月が煌々《こうこう》と地を照らすのを見ていた。感じてもいた。肉が腐っていくのを、腐臭に誘われて獣が集まり、久実子の腕や脚や腹を貪《むさぼ》り食うのを、虫が湧《わ》き、蛹《さなぎ》をつくり、羽虫となって飛んでいくのを感じていた。

ワタシハ、ヤマデ……シンダノカ……

男が頷《うなず》いた。泣きそうな顔をしていた。

「そうだよ。もう一年になるね。淋しかったよね。ずっとずっと彷徨っていたんだから。もういいよ、久実子。還りなさい」

男は息をのみこみ、ゆっくりと瞬《まばた》きをした。

「山へ還りなさい」

立ち上がる。

足が重い。ひきずって歩く。陰から光へと歩いていく。

ワタシハ、ヤマニカエルノダ
「久実子」

男が名を呼んだ。振り返る。

「あなたは、また一人になっちゃうね」

「ああ。おれは……まだ、きみたちの処《ところ》にいけないんだ」

「淋しいね」

「……しかたないよな」

笑いかけてみる。

「すごくいいこと、教えてあげようか」

「いいこと？」

「特別アドバイス。あのねアホっぽいっていうか、軽っぽいっていうか、そういう言い方、止めなさいよ。ニヤニヤ笑うのも、ぜーったいNGだよ。女の子にもてたいんだったらね」

「別にもてたくないけど」

「無理しちゃって」

光が眩しい。光に晒《さら》されていく。

眩しい……、こんなに眩しいのにぬばたまの闇が見えるのは、なぜだろう。眩しいよ……眩しい。

カナカナカナ

カナカナカナ

カナカナカナ

カナカナカナ

お還り、やっと還ってきたね。やっと。

小さな水溜《たま》りが残った。羽《は》黒蜻蛉《ぐろとんぼ》が一匹、その藍白《あいじろ》の水縁に止まり、漆黒の翅《はね》を動かしている。

逝《い》ってしまった。

淋しいことだ。

逝く者と残る者と、淋しさはどちらが勝るのだろうか。
幾度も幾度も繰り返し考えてきたことなのに、答えはつかめない。まだ、つかめない。
山へ還る者と生きて留まる者と、哀《かな》しいのはどちらなのだ。
男は木の枝を見上げ、蜩《ひぐらし》の声に聞き入る。
「おまえには、答えがわかってるのか……」
カナカナカナ
カナカナカナ
ポケットに手をつっこんで、男が木の下から立ち去る。水溜りはもう消えていた。
羽黒蜻蛉が飛び立つ。黄色いワンピースを着た女の子がブランコをこぎ始めた。
カナカナカナ
カナカナカナ
カナカナカナ
カナカナカナ

蜩が鳴く。
蜩がいつまでも鳴き続ける。
枝から一枚、葉が散った。
蜩が鳴いている。

# 終話

書き終えました。

全部で四つの物語。書き終えました。

なんだか夢のようです。

まさか、わたしにお話が書けるなんて思ってもいなかったので……こういうの何と呼ぶのでしょうか。

達成感？

充実感？

呼び方なんてどうでもいいですね。ともかく、わたし、ちゃんと物語が書けました。

嬉《うれ》しい。

それにしても、この歳《とし》になって、娘のころの夢が叶《かな》うなんてねえ。人生って、なんだか……おもしろいような、せつないような……。

え？　ええ、そうなんです。お恥ずかしいけれど、娘のころの夢だったんです。物語を書いてみたいっていうの。

え……いえいえ、そんなんじゃありませんよ。プロの作家になるとか、そんなんじゃないんです。

物語を書きたかっただけ。それだけなんです。

ずっとずっと、この村で生きてきました。生まれたのは、隣村ですけどね。ここと同じような山村ですよ。ええ、今ではもう誰もいません。ここより一足早く、消えてしまいました。その村の最後の住人の一人は、わたしの幼なじみでしてね。辰子《たつこ》ちゃんと言うの。

辰子ちゃん、十年前に旦那《だんな》さんを亡《な》くしてからずっと一人で暮してきたんですけどね。ついに、去年、残った村人全員……全員といっても四戸五人なんですけど、町へ引っ越してしまいました。辰子ちゃん入院してしまいましたよ。ずっと腰が悪かったからね。

村へ帰りたい、帰りたいって泣いてばかりいると思いますよ。辰子ちゃん、泣き虫だったから。いくら泣いても、もう帰ってこられませんよね。

家は朽ち果てようとしているし、村人は一人もいないし……ね。

その廃村が、わたしの生まれ故郷。二十歳《はたち》のときにこちらに嫁に来て……もう何十年、たったかしらねえ。大昔ですよ。大昔。

え？　わたしの夫ですか。亡くなりましたよ。もうかれこれ、二十年になります。だから、未亡人になったのは、辰子ちゃんよりわたしの方が先なんです。自慢にはなりませんけどね。

物語を書くの……好きだったんです。

いつかちゃんと、書きたいなって思ってたんです。何十年もこんな山の中に住んで、毎日、毎日、同じ景色を見て、同じ人と会って、同じ会話を繰り返して……他人《ひと》さまから見れば、ずいぶんつまらない人生だなって思われちゃうでしょうね。

そんな人生を送ってきた者に物語なんて書けるのかって、あなた、思ったでしょう。ふふっ。いいの、いいの。隠さなくていいの。誰だって、そう思うでしょうからね。

だけど、同じ場所でずっとずっと生きてるとね、それなりにおもしろい、不思議なことやものに出合ったり、おもしろい、不思議な話を聞いたりするもんなんですよ。たくさん、たくさんね。

ほんとに、たくさん。そのうちから四つ、わたしが鮮やかに覚えている場面や話を基にして書いてみたんですよ。

どうでしょうかね。わたしとしては、なかなかの出来だと思ってるんだけど……だめかしらね。

え？　読ませてくれ？

だめだめ。そんなんじゃないの。他人さまに読んでもらえるようなものじゃないし、そんな気もないんです。

ただ、書きたかっただけなんですよ。

わたしに物語が書けるのか、えっと……挑戦？　あの……そうチャレンジしたわけですよ。

娘のころの夢をふっと思い出して、やってみようって思って……ええ、人間、死期が近づくとそんな気になるものみたいですね。遣《や》り残したことを少しでも片付けようって。

ああ、すごい風の音ですね。さっき、木の裂ける音がしたでしょ。台風ね。超がつくぐらいの大型台風が直撃しているのだもの、風も雨も超がつくぐらい吹いたり、降ったりしますよね。

ああそうだ。嵐の話も書けばよかった。

これはね、わたしのお祖父《じい》さんのことなんですけど。母方の祖父になります。そのお祖父さんの顔、わたしは写真でしか知りません。わたしが幼いころ亡くなったそうです。正確にいうと、帰ってこなかったの。

今日みたいな大嵐の夜、早めの夕食の最中に突然「ミツ、コタロウ、ヤヨイ」って人の名前らしきものを大声で叫び出して、叫びながら外へ飛び出していったんですって。

ミツ、コタロウ、ヤヨイ

誰の名前かわかりません。祖母の名でも母の名でもないのです。親戚《しんせき》にも友人、知人にもそんな名前の者は一人もいませんでした。

それっきりです。それっきり、お祖父さんは帰ってきませんでした。死体も発見されませんでした。

祖母は怒っていましたよ。隠し女とその子の名前に違いないって思い込んで、死ぬまでお祖父さんのこと赦《ゆる》さなかったみたいです。でもねえ、突然に隠し女や隠し子の名前を呼んで嵐の真っ只中《ただなか》に飛び出していくなんて、普通じゃ考えられないでしょ。しかも、食事の最中にですよ。おかしいですよね。どう考えたって。

まあ、ほんとに、不思議なことってあるものです。どんな場所でも人が生きていると不思議って生まれてくるものなんでしょうか。

わたしは山のことしか知りません。山と人の物語、山と人の不思議しか知りません。

それで十分です。

こうやって、念願の物語も書き上げたし。

思い残すこと、ないですね。

あっ、やはり木が裂けましたね。ものすごい音だこと。

え？　音？　風じゃなくて……あぁ、聞こえますね。ええ、わかりますよ。山が吼《ほ》えているんです。苦しんでね。

崩れるんですよ。山が崩れようとしている。その吼え声です。わかりますとも。他のことは知らなくても、山のことだけはわかりますよ。ええ、崩れますよ。もうすぐね。今日の昼過ぎに避難勧告が出ましたけれど、そんなものが出る前からわたしにはわかっていました。山が崩れるって。

裏の山です。

逃げませんよ。みんな逃げてしまいましたけれど、わたしは残りました。ろくに歩けませんからね。ええ、腰も脚も思うように動いてくれません。

今ごろ、誰かが気づいてくれたかもしれませんね。村の一番奥に住んでいたばあさんが、いないぞって。助けにくる？　どうでしょうねえ。どちらにしてももう遅いですよ。山があんなに吼えているのだもの。

いいんです。

ずっとずっと山に抱かれて生きてきました。山に埋もれて死ぬのも悪くないでしょうよ。

ま　娘のころの夢も叶ったしね。

た　この原稿用紙を枕《まくら》の下において、横になりましょう。お布団《ふとん》のシーツ洗い立てのも
ば　のに換えました。寝巻きも下着も新しいんです。ずっと前から用意していたから。
ぬ　どれ、どっこいしょ。

ああ横になると楽だわ。あら、屋根に小石がぶつかっている。もうすぐですね。もうすぐ山がやってきますよ。

あなたたちは、どうするんですか？

ああ気にすることはないですね。山の死霊なんだもの。わたしも、もうすぐあなたたちのお仲間になる……。

梁《はり》がべきべきと音をたて裂けていく。落雷のような音がした。

山が崩れていく。

山が飲み込んでいく。

どこかで梟《ふくろう》が鳴いたような気がした。

空耳かしら？

# 解説

瀧井朝世

岡山県、美作《みまさか》三湯のひとつ、湯郷《ゆのごう》。そこがあさのあつこさんの生まれ育った場所だ。山も川も谷もある緑豊かなところで、幼い頃は野山を駆け回っていたのだそうだ。というとのどかな環境でのびのびと育ったのだと想像してしまうが、それだけではなく災害や事故などを通して自然の脅威もずっと肌身に感じていたという。自然は人々に恵を与えてくれる一方で、命を脅《おびや》かす存在でもある。この『ぬばたま』は、そんな実感から生まれた作品集なのだろう。

児童文学から青春小説、ミステリ、ＳＦ、時代小説まで幅広いジャンルの著作を発表しているあさのさんだが、本書は恐怖譚《たん》を集めた作品集。山を舞台にした四つの不気味な体験が描かれている。登場するのは、山奥の村で育ち、今は故郷を離れて暮らしている人々。職場の不祥事の責任を負わされて辞職し、妻にも子供にも愛想をつかされてしまった男。故郷からの一本の電話を機に、幼い頃の約束を果たすためにふるさとに向かった主婦。自殺した友人の葬儀のために田舎に戻った青年。死者が見えるという不思議な能力を持ち、彼らに「山へ還《かえ》りなさい」と諭して、いわば成仏《じょうぶつ》させることを使命としている若い女性。それぞれなんらかの形で人生に対し無念や悔恨を抱いており、気づけば彼らは山へと足を向けている。そこで待ち受けているのは、なんとも不可思議な体験だ。『山月記』を彷彿《ほうふつ》させるような迫力のシーンもあれば、ある人物の罪が明るみになるミステリ仕立ての展開もあり、意外な事実が明かされるサプライズが用意されているものも。

現代の都会の暮らしと、神秘的な山奥の光景を対照的に描くこの四編。それぞれ、山の持つ表情はまったく異なっている。時にそこは異世界であり、死者の世界とつながる接点であり、人が隠れるところであり、人が還る場所であるのだ。

どの短編にも強烈な印象を残す色彩が描かれる。闇《やみ》を行く女たちの足首の白さ、竹やぶの鮮やかな緑、花びらのように舞う黄色い蝶《ちょう》、紅に染まった楓《かえで》の葉。特に自然が持つ色は、普段は人の目を楽しませ和ませてくれるものなのに、ここではどきつさを増して、毒々しいほどになっていく。タイトルの「ぬばたま」とはヒオウギの種子で、黒いものにかかる枕詞《まくらことば》。もしもこれが「山」にかかるのだとしたら、それは単に日光の届かない暗がりを指すのではなく、禍々《まがまが》しい色彩が重なり合って生み出す暗色、山が内包する深い暗部を指しているのではないだろうか。例えば、都会の緑なんて緑とはいえない、とつぶやく女性が山の黒さを表現すると、こうだ。

〈山で一度でも道に迷ってごらんよ。周りから緑が襲い掛かってくるんだから。緑が緑に重なって、漆黒《しっこく》に見えるほど重なって、ざわざわと喚《わめ》きたてるのだから。〉

漆黒の闇が喚く。まるで山が生きているかのようだ。そこには得体の知れなさ、抗《あらが》えない脅威を感じさせられる何かがある。そんな生き物の奥深くから呼ばれて、引き寄せられる人々を描いたのが、本書なのである。


　でも果たして、山に呼ばれた人々がそこで味わうのは、恐怖だけなのだろうか。これらの短編は、ままならない現実を抱えている人々が、さらに苦痛を味わう話なのだろうか。すべてを読んだ後では、どうしてもそれだけとは思えない。「山へ還る」という表現からも分かるように、そこはある意味人々の故郷であり、戻ってきた人間たちを山が抱擁しているようにも思える。それぞれの罪悪感や、現世で生きることの苦しみまで含めて、包み込んでいるように見えてくるのである。確かに、山に抱かれる瞬間の人々の感情は、恐れとは違っている。彼らは苦悩から解放されたようにすら読める。とすると、これらはホラーテイストの話というよりも、もっと切実な救いの物語なのではないだろうか。山は、この世で行き場を失った人々を呼び、迎え入れる。そして抱きしめる。罰するためにではなく、赦《ゆる》すために。そして呼ばれた人は無意識のうちにそこを目指すのだ。救われるために。

自然の持つ不可解さ、恐ろしさだけではなく、どこかそれに対する畏敬《いけい》の念を感じさせる内容となっているのは、著者自身の思いが反映されているからだろう。前述の通り、著者は山に囲まれた場所で生まれ育ち、現在もそうした自然の濃い環境で暮らしている。以前インタビューでおうかがいしたところ、夜になると街灯もなく、まさに真っ暗闇になるのだそうだ。そんな道で犬の散歩をしていると、満月が出るとあたりが黄味がかり、田んぼの水面を月の明かりがすうーっと流れる光景が見られるという。その話に続いて、あさのさんはこう語っていた。

「昼間では見られないような風景が広がるんです。それが現実のものなのか、不思議な世界のものなのか、分からなくなる。私のほうがこの世界の異物なのかも、と思う瞬間がある。そういう感性は大事にしていきたいですね」

未知なる世界がすぐそこにある。それは生まれてから現在に至るまで、あさのさん自身が実感していることなのだ。それが作り出す幻想性に魅惑を感じている様子である一方、自然が人をあの世へと招き入れる入り口であることも、著者は子供の頃から知っている。実際に、身近な人が山で亡《な》くなったり、ふらりと山に入ったまま行方知れずになった人の話をよく見聞きしていたそうだ。あさのさんの作品には、意外に死を描いたものが少なくない。それは、自然のすぐそばで死というものが待ち受けていると知っているからこそ、描かれているものなのだ。

もうひとつ、あさのさんの育った環境が、この作品に影響を及ぼしていると思われる事柄がある。郷里の温泉街は人々の結びつきが濃厚であり、子供の耳にもよく大人の醜聞や噂話《うわさばなし》が耳に入ってきたという。ストリッパーのお姉さんが誰の子か分からない子供を身ごもった、誰が誰のお妾《めかけ》さんだ、なんて話もよく聞いたし、ときには心中事件や殺傷事件もあったらしい。先のインタビューでこうも語っていた。

「人というのは汚いし、欲にまみれているし、いやらしい、ということは子供の頃から知っていましたね。でもだからこそ面白いとも思ってた」

人を善人と悪人に分けて描写するのでもなく、勧善懲悪という分かりやすい展開にするでもなく、それぞれの苦悩と哀しさをしっかりと書きこむ。人の心に棲《す》んでしまう不可解な何か、山に呼ばれてしまうような何かが描きこまれているのは、こうしたあさのさんの人間観によるところも大きいのではないか。

自然の脅威、人間の不可解さ、そして死というものの身近さ。それらをすべて見据えて、出口のない状態に陥《おちい》ってしまった人間の行く末を描いたものが、この作品の最大の特徴であり最高の魅力なのではないだろうか。単に人を怖がらせるだけの話ではなく、きれいごとではすまされない人生という未知なる過酷なもの、人の心の汚《けが》れと美、彼らが求める贖罪《しょくざい》と赦し、自然が与える恐怖と救い、そこに生まれる闇と光。本作には、それらがすべてつまっている。そこにこそ、自分が書くべきもの、自分だけが書くことのできる物語があると、著者自身が知っているのではないだろうか。

しかし、最終話で明かされる事実には驚かされた。今まで読んできた物語が実は！……と、どんでん返しをくらった気分になる。でもなんだろう、そこに登場する人物の妙なリアリティ、語られるエピソードの生々しさは。もしかすると、あさのさん自身が、このような人から、幼い頃にこの手の話をたっぷり聞いて育ってきたのでは、とさえ思えてくる。そうだとしてもなんら不思議はない。だからこそ、山を、こんな風におっかなくて、やっかいないたずらっ子で、そして懐《ふところ》の深い生き物として描けるのだろう、と納得できるのだから。

（二〇一〇年六月、フリーランスライター）

この作品は平成二十年一月新潮社より刊行された。

恩田陸著

# 六番目の小夜子

ツムラサヨコ。奇妙なゲームが受け継がれる高校に、謎めいた生徒が転校してきた。青春のきらめきを放つ、伝説のモダン・ホラー。

恩田陸著

# 不安な童話

遠い昔、海辺で起きた惨劇。私を襲う他人の記憶は、果たして殺された彼女のものなのか。知らなければよかった現実、新たな悲劇。

恩田陸著

# 中庭の出来事

山本周五郎賞受賞

瀟洒なホテルの中庭で、気鋭の脚本家が謎の死を遂げた。容疑は三人の女優に掛かるが。芝居とミステリが見事に融合した著者の新境地。

岩井志麻子著

# べっぴんぢごく

美醜という地獄から、女は永遠に逃れられない――。一代交替で美女と醜女が生れる女系家族。愛欲と怨念にまみれた百年の物語。

小川洋子著

# 薬指の標本

標本室で働くわたしが、彼にプレゼントされた靴はあまりにもぴったりで……。恋愛の痛みと恍惚を透明感漂う文章で描く珠玉の二篇。

小川洋子著

# まぶた

15歳のわたしが男の部屋で感じる奇妙な視線の持ち主は？　現実と悪夢の間を揺れ動く不思議なリアリティで、読者の心をつかむ8編。

# ぬばたま

新潮文庫　あ－65－1

平成二十二年八月一日発行

著者　あさのあつこ

発行者　佐藤隆信

発行所　株式会社　新潮社

郵便番号　一六二―八七一一
東京都新宿区矢来町七一
電話　編集部(〇三)三二六六―五四四〇
読者係(〇三)三二六六―五一一一
http://www.shinchosha.co.jp

価格はカバーに表示してあります。

乱丁・落丁本は、ご面倒ですが小社読者係宛ご送付ください。送料小社負担にてお取替えいたします。

印刷・大日本印刷株式会社　製本・加藤製本株式会社



ISBN978-4-10-134031-9 C0193